까칠한 재석이가 돌아왔다

고정욱 지음

애플북스

차례

경쟁은 양면칼이다

과거 유행하던 오디션 경연 프로그램의 인기가 오히려 더 많아졌습니다. 이유는 그것이 경쟁이기 때문입니다. 건전한 경쟁은 우리를 발전시키고 성장하게 만듭니다. 장애를 가진 내가 작가가 되고 강연을 다니게 된 건 비장애인들과 경쟁하면서 경쟁력을 길렀기 때문입니다. 아니었으면 저의 가능성을 묻어버리고 말았을지도 모릅니다.

하지만 경쟁을 위한 경쟁, 남의 이기는 것이 목적인 경쟁은 독이 됩니다. 선의의 경쟁을 하고, 자신의 꿈을 찾아 청소년들이 올바르게 성장하길 바라는 마음은 변함이 없습니다.

오랜 시간 동안 〈까칠한 재석이〉 시리즈를 사랑해주신 것에 대한 감사 인사와 더욱 노력하겠다는 약속을 이 지면을 빌려 함께 전합니다.

2021. 12. 25

팬데믹을 견뎌내며

고정욱

꿈을 찾는 청소년에게

지난해 나는 평생 최고로 많은 160번의 강연을 다녔다. 전국의 초중고에서 강연 요청을 해 오기 때문이다. 그렇게 학교에 가서 어린이들이나 청소년을 만나 보면 다들 미래에 대한 꿈을 이야기한다.

그런데 강연 도중에 자신의 꿈을 발표해 보라고 하면 요즘 청소년들이 가장 선망하는 대상이 연예인이라는 사실을 알게 된다. 어느 학교를 가든 가수가 되겠다, 개그맨이 되겠다는 아이투성이다. 그들에게 연예인이 뭐하는 건지 아느냐고 하면 돈 잘 벌고 화려하며 신나는 거라고만 대답한다. 대개 끼도 없고 재능도 없는 아이들이 그저 열광할 뿐이다. 게다가 왜 연예인이 되고 싶냐고 물으면 돈을 많이 벌기 때문이라는 대답이 백이면 백 돌아온다. 어느새 어린이들의 꿈에서 돈이 이렇게 중요한 변수가 되었다.

아이들의 꿈이 이렇게 된 건 물론 일차적으로 어른들 탓이다. 무차별적으로 예능 프로그램을 송출하는 방송국과, 그 연예인들의 일상을 시시콜콜 소개하는 언론매체와, 그들에게 열광하며 그들을 닮고 싶어 하도록 한 방향으로 몰아가는 사회 분위기가 그렇게 만들었기 때문이다.

나와 친한 연예인 강원래에게 이 사실을 얘기했더니 그는 혀를 찼다. 열심히 하겠다는 사람은 너무나 많은데 잘하는 사람은 거의 없다면서……

이건 중요한 핵심이었다. 되고 싶은 것과 될 수 있는 것은 전혀 다르다. 아무리 연예인이 멋있어 보여도 나에게 재능이 없고, 끼가 부족하며, 그 엄청난 경쟁을 뚫을 의지와 노력이 없다면 그건 내 길이 아니다. 핵심역량을 연예능력으로 잡았다면 작은 승리들을 끊임없이 겪으면서 자신의 가능성을 키워야 한다. 그런데 엄청난 경쟁에서는 작은 승리를 경험하기가 어렵다. 그리고 쉽게 좌절해 핵심역량을 키울 기회조차 말살될 수 있다. 신중하게 핵심역량을 결정해야 한다. 평생 밀어붙여야 하기 때문이다.

선진 사회는 다양성이 그 모태가 된다. 그렇기에 개성을 존중하고 자신의 능력을 적재적소에서 발휘하며 남의 시선에 신경 쓰거나 눈치를 보지 않고, 분수에 맞게, 하지만 행복하게 살 수 있는 곳이다. 무엇을 하든 인정받고 자신의 소질과

적성이 발휘되면 그것은 충분히 행복한 것이다.

우리 어른들은 청소년들에게 대답할 수 있어야 한다. 유행이나 열풍에 휩싸이지 않고 자신이 진짜 잘할 수 있는 꿈을 가져도 얼마든지 행복할 수 있다고. 꼭 공부가 아니어도, 꼭 인기 있는 연예인이 아니어도 보람찬 삶이라고.

하지만 현실은 아직 그렇지 않다. 이런 대답을 쉽게 할 어른들은 별로 없다. 아직 갈 길이 멀다는 의미이다. 그렇다면 다시 돌아온 까칠한 재석이를 만나야 한다.

《까칠한 재석이가 돌아왔다》초판을 출간하며
2012년 여름 북한산 기슭에서
고정욱

전편 《까칠한 재석이가 사라졌다》 줄거리

말보다 주먹이 앞서고, 가진 거라곤 큰 덩치와 의리뿐이었던 일진 재석. 어린 시절 겪은 가난과 아버지에 대한 사랑 결핍으로 삐딱한 문제아가 되었다.

그러던 재석이 사고를 치고 사회봉사 명령을 받아 복지관엘 갔다가 부라퀴 영감을 만난다. 그 손녀인 절세 얼짱 보담을 좋아하게 되면서 불량 서클인 스톤에서 탈퇴하고, 새로운 꿈과 희망을 가슴 속에 품는다. 드라마와 같은 부라퀴와의 인연으로 집안도 안정되고, 이제 할 일은 열심히 자신의 꿈을 향해 달리는 일뿐이다.

여전히 성적은 바닥을 기지만 나름 새롭게 태어난 재석. 문학과 독서 그리고 글짓기에 관심을 갖기 시작한 그의 곁에는 베프(best friend)인 보담과 민성, 그리고 향금이까지 있지만…… 아뿔사. 그들이 사고를 칠 줄이야!

재석이는 왜 다시 돌아와야만 했을까? 왜 세상은 재석이를 가만 놔두지 않는 걸까? 옛날보다 더 까칠해진 재석이를 만나보자.

울트라
케이팝 스타 오디션

> "선생님, 소설 나부랭이가 뭐가 그리 중요합니까? 나중에 어른 되어서도 읽을 수 있지 않습니까? 지금 우리 고민은 성적이고 대학입시입니다."

잠실체육관 앞의 넓은 주차장은 화려하고 떠들썩한 행사장으로 완전히 변했다. 곳곳에 흰 몽골텐트가 자리를 잡았고 체육관 언저리에는 얼핏 봐도 수천 명은 족히 될 만한 사람들이 형형색색의 옷을 입고 모여 각자 소음을 내며 떠들고 있었던 것이다.

버스는 체육관 앞에 2시 정각에 도착했다. 승객들과 섞여 서둘러 내리는 아이들은 바로 재석과 보담, 그리고 민성과 향금이었다. 단짝인 네 아이는 그동안 학교 공부와 각자의 진로 준비로 바빠 이렇게 몰려다닌 적이 별로 없었다. 몇 주 만에 모처럼 만나 함께 움직이는 것이었다.

"우아!"

내리자마자 민성이 먼저 탄성을 질렀다. 길 건너 체육관 앞의 인파를 보고 외치는 소리였다. 재석과 보담도 일시에 고개를 돌렸다.

"듣던 것보다 대단한데?"

재석이 말했다. 사람들이 이렇게 많이 모인 걸 직접 본 적은 한 번도 없었다.

"어서 가자."

신호등이 파란 불로 바뀌자 아이들은 길 건너 체육관 쪽으로 뛰었다. 커다란 현수막에 '울트라 케이팝 스타 예선'이라고 쓰여 있었다. 녹화를 위해 나온 방송국 차량과 함께 사람들이 뒤엉켜 뜨거운 용광로처럼 끓어 넘쳤다.

"너 몇 번이라고?"

향금이가 들어서 보여주는 오디션 표는 K-112였다.

"접수창구를 빨리 찾아봐."

네 아이는 웅성대는 사람들 사이를 뚫고 주차장에 마련된 몽골텐트 접수대로 발걸음을 옮겼다.

울트라 케이팝 스타 오디션에 향금이가 나간다는 말을 민성이를 통해 재석이 들은 것은 한 달 전이었다.

"뭐? 향금이가 가수가 되겠다고?"

"응, 향금이가 노래하고 춤이 되잖아."

밉상은 아니지만 평범한 외모의 향금이가 연예인을 꿈꾼다는 것이 상상이 잘 되진 않았다. 하지만 노래방에 가서 노래를 부를 때면 제법 성량 풍부하게 잘 부르던 것이 기억나는 재석이었다.

"야, 한창 공부할 시기에 갑자기 웬 오디션이야?"

"젊은 날의 추억을 만든다는 거 아니냐. 내가 적극 나가라고 그랬어. 어때, 이 영상?"

민성은 스마트폰을 꺼내 향금이가 노래 부르는 장면을 보여 주었다. 화면 속의 향금은 자기소개를 먼저 하고 나서 정면을 응시한 채 천연덕스럽게 춤을 추며 노래를 불렀다. 곡목은 레이디 가가의 '포커페이스'였다.

"제법 잘하지 않냐? 어때, 어때? 어릴 때 합창단도 했었대. 가끔 솔로도 하고……."

이어폰을 통해 흘러나오는 향금의 노래는 기교를 잔뜩 섞어서 부르는 것이 얼치기 가수의 노래 같긴 했다.

"글쎄, 연습은 많이 했나 보네."

"향금이 걔, 요즘 밥 먹는 시간 빼고는 계속 노래 연습만

해. 울트라 케이팝 스타가 자기 거라는 거야. 이걸로 동영상 오디션을 먼저 보고 통과하면 그담에 본심을 본대."

세상은 온통 오디션 열풍이었다. 각 방송사마다 색다른 이름을 걸고 오디션을 시행했으며 거기에 참가하겠다는 열풍은 재석의 학교에도 불어닥쳐 이미 어떤 애가 오디션에 지원했다 떨어졌다는 둥, 1차 붙었다는 둥, 하는 소문이 어지럽게 퍼지고 있었다.

하지만 재석은 애당초 춤추고 노래하는 일에 관심이 없었다. 뒤늦은 공부를 따라잡기도 버거웠기 때문이다. 대학입시가 얼마 남지 않은 지금 최선을 다해 성적을 올려야만 간신히 원하는 대학에 지원이라도 해 볼 수 있을 것 같다는 생각에 재석은 늘 마음이 급하고 초조했다. 그런 재석을 보담은 한결같이 격려해 주었다. 민성이 향금의 동영상을 보여준 게 그런 오디션 열기를 재석이 피부로 느끼게 된 최초의 사건이었다.

몽골텐트의 K라고 쓰여 있는 곳으로 간 재석 일행은 줄을 서야만 했다. 알파벳으로 A부터 Z까지가 접수창구였고, 그 일련번호의 순서대로 오디션을 보는 모양이었다. 대여섯 명의 지원자 뒤에 선 향금은 떨리는지 자신의 가슴을 꼭 부여

안고 있었다. 곁의 재석과 보담, 그리고 민성은 눈이 마주칠 때마다 엄지손가락을 세워서 용기를 불어넣어 주었다. 광장 이곳저곳에서는 춤을 추거나 노래를 하며 기타를 치는 아이들의 소리가 뒤엉켜 왕왕 울려댔다. 마치 예능의 도깨비시장 같은 느낌이었다. 각기 최선을 다해 부르는 아름다운 노래여도 수십 명이 각자 제각각 불러대면 소음이 되고 귀를 따갑게 한다는 사실을 재석은 그때 처음 알았다.

"어유, 시끄러워!"

그래도 보담은 생글생글 웃고만 있었다. 늘 학교와 집, 학원만 오가던 보담에게 이런 생생한 젊음의 현장은 이색적인 즐거움을 주었기 때문이다. 원래 오후에 학원에 가야 하는 보담은 잠시 들러 향금에게 용기를 불어넣어 주어야 한다며 재석을 부추겼다. 보담이 가자고 하는 바람에 재석은 여기까지 따라온 것이었다. 오랜만에 바람을 쐬는 것도 그리 나쁘지 않다는 생각도 들었다.

이윽고 등에 커다랗게 울트라 케이팝 스타라고 수를 놓은 패딩점퍼를 입은 스태프가 향금이의 표를 보더니 도장을 찍어 주며 종이 한 장을 내밀었다.

"이거 작성해서 가져 오시구요. 체육관 안에 가시면 K 짝수방이 있어요. 그 방 앞에 가서 기다리시면 번호를 부를 거예요."

"네, 알겠습니다."

벤치에 앉아 향금이는 지원서에 있는 빈칸을 채워 넣기 시작했다. 특기, 키, 신체 사이즈 등등 별 잡다한 것들을 다 적어 넣게 되어 있었다. 보담은 곁에서 지켜보다가 말했다.

"어머, 별걸 다 적어야 하네? 오디션하고 별로 상관도 없어 보이는데 말야. 노래만 잘한다고 되는 게 아닌가 봐."

향금은 깨알 같은 글씨로 신상명세서를 적어 제출하고 체육관 쪽으로 걸어갔다. 체육관 입구에서는 스태프가 번호표를 확인하고 들여보내 주었다. 찬바람 쌀쌀하던 광장에 있다 체육관 안에 들어간 아이들은 이유 없이 뛰고 괴성을 지르며 각자 원하는 부스 앞에 가서 기다리는 거였다. 체육관의 관중석 아래 공간은 물론이고 코트에도 간이 부스가 마련되어 오디션을 보았다. 전국에서 이런 규모로 오디션을 보니 말 그대로 몇 백만 대 일이라는 경쟁률이 나올 법도 했다. 폐쇄된 공간에 들어서자 노랫소리와 기타 치는 소리가 더욱 더 크게 왕왕대며 귀청을 때렸다.

"아, 열라 시끄럽네."

시끄러운 건 딱 질색인 재석은 이 안에서 얼마나 버틸 수 있을지 자신이 없었다. 하지만 민성은 신이 난 얼굴이었고,

보담 역시 나쁘지 않다는 표정이어서 더 이상 불만을 표시할 수 없었다. K라고 쓰여 있는 방은 짝수 홀수라 쓰인 A4용지가 붙은 문으로 나뉘어 있었다. 아마 지원자들을 두 그룹으로 나누어서 심사할 모양이었다. 유리문은 안을 가린답시고 종이를 덧댔지만 꼼꼼하게 붙이지 않아 조금이나마 안을 들여다볼 수 있게 되어 있었다. 무전기를 든 진행요원들이 왔다 갔다 하며 지원자들을 정리하거나 순서가 된 아이들을 안으로 불렀다.

"야, 혹시 유명한 가수가 오디션 심사 보는 거 아닐까?"

민성은 향금에게 물었다.

"아닐 거야. 여기는 음악 관계자들이 와서 예선 심사할걸? 본심에 가서야 유명한 가수 나올 거고."

오디션은 진작부터 시작되었는지 안에서 부르는 노랫소리가 밖으로 새어 나왔다. 유리문 틈으로 춤추는 아이들의 모습도 보였다. 얼굴 표정만으로도 합격인지 탈락인지를 보여주며 오디션이 끝난 지원자들이 밖으로 나왔다. 합격한 사람에게는 노란색 합격증을 주었다. 그 합격증을 든 아이들은 복도에서 고래고래 소리를 지르며 난리를 쳤다.

"우와! 합격이다!"

그러나 자주 볼 수 있는 모습은 아니었다. 대개가 불합격이었기 때문이다.

"아, 부러워."

그 노란색 합격증은 마치 건널 수 없는 금을 두 부류 사이에 긋는 것 같았다. 합격자와 탈락자.

긴장으로 오들오들 떠는 향금이 합격증을 갖고 나오는 아이들을 바라보며 두 손을 꼭 쥐었다. 그만치 합격에 대한 염원이 간절했다. 곁에 있던 보담이 말했다.

"향금아, 최선을 다해. 너도 잘하면 저 합격증 딸 수 있어."

민성은 재석과 약간 떨어져 앉아 향금에 대해 이야기를 나누었다.

"야, 최근에 안 일인데, 향금이는 어린 시절에 합창단도 했고, 예능 쪽으로 활동을 많이 했대."

"그래? 전혀 몰랐네."

"예능의 끼가 있었던 거지."

그런 향금이가 연예계 쪽으로 나갈 꿈을 갖게 된 것은 최근의 일이었다. 아파트 단지 상가에서 인테리어업을 하고 있는 향금의 부모는 오디션을 통해 자신의 꿈을 키우겠다는 향금이를 굳이 말릴 생각이 없었다.

이윽고 스태프가 다가와 향금이에게 번호표를 보자고 했다.

"112번, 다다음에 들어갈 준비하세요."

"네, 알겠습니다. 감사합니다."

향금은 무조건 감사하다며 고개를 숙이는 거였다.

"야, 다다음에 들어가라는 게 뭐가 감사하냐?"

민성이 곁에서 핀잔을 주자 향금이 사뭇 진지한 표정으로 말했다.

"우리 삼촌이 그러는데 연예계에선 무조건 감사하다 그러고 인사를 잘해야 된대. 인사만 잘해도 반은 먹고 들어가는 경우도 있다더라구. 그리고 인사 잘해서 눈에 띄는 수도 있대. 그래서 지금부터 연습하는 거야."

"하하, 평소에나 인사 좀 잘하지."

하지만 스태프의 말에 일행은 일제히 가슴이 뛰기 시작했다. 남의 일이라는 생각이 들지 않는 거였다. 곧 향금에게 일생일대의 순간이 다가오고 있었다. 이윽고 앞에 들어갔던 아이들이 탈락해 나오고 문이 열리며 스태프가 말했다.

"자, 112번 들어오세요."

응원하러 온 보람과 재석과 민성은 바깥에서 기를 모아 주는 수밖에 없었다.

"힘내!"

"잘해!"

"기도할게."

향금은 세 아이의 응원을 한 몸에 받으며 문을 열고 오디션 장 안으로 들어갔다. 방 안에는 정면으로 카메라가 자리 잡았고, 조명이 켜져 있었다. 갑자기 조명 열기가 후끈 느껴지자 향금이는 적이 당황했다.

"112번 문향금 씨? 노래 한번 들어 볼게요. 시간이 없어서 빨리빨리 진행해야 되니까 이해해 주세요."

"네."

향금이는 준비해 온 노래를 부르기 위해 심호흡을 했다. 이왕이면 팝송이 기교를 부릴 수 있고 다양한 음색을 낼 수 있어 떨리는 마음을 진정시키며 노래를 불렀다. 곡목은 샘 브라운의 '스톱'이었다. 지극히 섹시하고 흐느적대는 소울을 가진 노래였지만 향금은 제법 잘 소화했다. 절정을 향해 올라가려 할 때 갑자기 심사위원석의 야구모자 쓴 사람이 말했다.

"됐구요. 노래 앞부분에서 목소리가 좀 불안하던데, 준비해 온 다른 것도 있나요?"

"네, 다른 노래 한번 불러 볼게요. 가곡요."

향금은 이번에는 두 손을 가지런히 모으고 뮤지컬 명성황후의 '나 가거든'을 조수미 버전으로 불렀다. 합창단을 다니면서 솔로까지 했던 실력이었기에 안정되게 부를 수 있었다.

심사하는 두 사람은 뭔가 이야기를 나누었다. 얼핏 보아도 기회를 주자는 듯한 긍정적인 눈빛임을 향금은 느낄 수 있었다.

"문향금 씨, 노래의 기초가 잘되어 있네요. '나 가거든'은 박정현 버전도 좋을 것 같아요. 1차에선 통과시켜 드릴 테니까 2차에 가서 한번 능력을 발휘해 보세요. 2차 예선에서는 가요도 몇 곡 더 준비해 오세요. 합격입니다."

스태프가 옆에서 노란 합격증을 건네주었다. 자신도 모르게 향금이는 눈물을 글썽이며 고개를 몇 번이고 조아렸다.

"감사합니다! 감사합니다!"

문을 열고 나오자마자 기다리던 재석과 보담, 그리고 민성은 환성을 질렀다.

"와!"

손에 들고 있는 노란색 종이가 향금이 합격했음을 말해 주었기 때문이다. 셋은 끌어안고 빙글빙글 돌며 대기실이 비좁아라 뛰었다. 기쁨은 나누면 두 배 세 배가 된다는 걸 실감할 수 있었다.

"자자, 합격하신 분들은 나가 주세요."

스태프의 만류에 등을 떠밀리며 네 아이는 체육관을 나갔다. 노란 종이의 합격증, 그것은 선망의 상징이었다. 그것은 다른 차원으로 들어간다는 진입증이기도 했고, 기쁨의 징표

이기도 했다. 이 오디션장에서는 노란 딱지 그것 하나만이 영광이었고 행복이었다. 다른 그 어떤 것도 의미 없었다. 바라보는 사람들이 모두 부러운 눈초리를 보내왔다. 이내 여기저기에서 낯선 사람들이 달려와 명함을 건넸다.

"아, 축하해요, 축하해요. 112번 명함 좀 받으세요."

그것은 전부 연예기획사 명함이었다. 대표 이름과 함께 전화번호가 적혀 있었다.

"나중에라도 우리 기획사에 한번 연락 주세요."

"오디션 도중에 탈락하면 연락 줘요!"

그렇게 명함을 내밀며 접근하는 사람들이 한두 명이 아니었다.

"와, 벌써 가수가 된 것처럼 와서 달라붙네."

"그러게 말이야. 겨우 1차만 합격한 건데. 이렇게 연예기획사가 우리나라에 많을 줄은 몰랐어."

향금이는 당황하고 있었다. 큰길까지 나오는데 손에는 벌써 명함이 대여섯 장 들려 있었기 때문이다. 재석은 그런 향금을 보며 가슴 속 깊은 곳에서 은근히 부러움을 느껴야 했다. 오랜 방황 끝에 비로소 얼마 전에 갈 길을 찾은 자신과 비교하면 향금은 자신이 뜻하는 바를 분명히 알고 있었다. 게다가 그 길을 벌써 성큼 내딛고 있지 않은가. 경쟁은 무척 심하겠지만 성공만 하면 화려한 인생과 부와 명성이 보장될 수도 있는 길이었다. 자신이 택한 자동차 기술이라는 건 고작해야 관련 회사에 취직해서 묵묵히 직장생활을 하거나 아주 운이 좋다면 부장이나 임원이 되는 정도일 것이었다. 명성이나 화려함과는 거리가 멀어도 한참 멀었다. 점점 세상을 알아갈수록 자신이 택한 길이 초라하게 느껴졌다. 이 세상에 수없이 많은 멋진 꿈이 있는데 시기를 놓친 탓에 선택의 여지가 좁아졌다는 것이 괴로웠다. 새삼 진작에 좀 더 성실한 삶을 살았어야 했다는 후회가 가슴을 저몄지만 그건 이제 아무 소용없었다. 중요한 건 지금부터라는 생각으로 마음을 추스를 수밖에.

"아마 오디션 떨어져도 그중에 쓸 만한 아이들은 자기들이 키우겠다는 거 같아. 한마디로 남의 손으로 코 풀겠다는 거 아닐까?"

"맞아 맞아, 1차 오디션에서 실력 있는 아이들이 대략 걸러지면 지들이 가로채려는 심산일 거야. 향금이 넌 어때? 이런 데 관심 있어?"

"아니. 전혀. 지금 내 목표는 울트라 케이팝에서 1등 하는 거야. 1차도 통과했고 이제 시작인데 뭐 하러 이런 데 가겠어?"

"하기는. 남들이 밑밥 뿌려 고기 모아 놓은 자리에 와서 낚시질이나 하는 꼼수에 놀아날 향금이가 아니지."

이 세상 어디에도 꼼수가 있다는 것을 아이들은 다시금 절감했다.

버스를 타기 위해 큰길가로 나가고 있을 때 등 뒤에서 어떤 사람 하나가 쫓아왔다.

"저기, 학생들?"

부르는 소리에 고개를 돌렸다. 몸에 잘 맞는 양복을 세련되게 뽑아 입은 사내가 향금을 향해 다가왔다. 손에는 명함이 들려 있었다. 매혹적인 폴로 향수 냄새를 풍기며 다가온 그는 향금에게 말을 걸었다.

"축하해요. 혹시 연예계 쪽으로 계속 노력할 거면 나한테 기회를 한번 주세요. 나, 가수들 많이 키웠어요. 방태식, 한철, 아이돌그룹 선더볼트, 이런 사람들 다 내가 키운 거예요. 방송은 한 번 띄우고 버리는 거 알죠? 나는 평생 지속적으로 키울 거예요. 그러니까 2차 오디션에 떨어지거나 하면 연락 줘요."

"아, 네네."

향금이는 얼떨결에 명함을 또 받았다. 재석은 머리에 젤을 잔뜩 발라 매끄럽게 넘긴 사내의 기생오라비 같은 외모가 맘에 들지 않았다. 하지만 향금은 사내가 명함을 준 것이 내심 싫지 않아 보였다. 그때 사내는 보담에게 다가갔다.

"자. 자기도 이거 하나 받아."

"저, 저도요?"

"응. 마스크가 좋아요. 연예계 쪽에 관심 있으면 나에게 연락해."

순간 일행은 당황했다. 보담은 오디션에 참가한 것도 아니고 구경만 하러 온 것이기 때문이었다.

"저, 오디션 보러 온 게 아니에요."

보담이 한 발 물러서며 사양했다.

"알아알아. 저 친구 응원하러 온 거잖아. 근데 자기 정도의 마스크면 연예계에서 통해. 뭘 해도 될 것 같아. 아주 예뻐. 길거리 캐스팅 제안받은 적 없어?"

"아뇨. 없어요."

"그럴 리가 없는데. 암튼 혹시 자기도 관심 있으면 연락 줘."

사내는 한쪽 눈을 찡긋하고 돌아섰다. 예기치 못한 이 상황에 아이들은 모두 서로의 얼굴을 마주봤다. 사내가 군중 틈으로 다른 합격자를 찾아 떠나자 재석은 보담이 받은 명함을 들여다보았다. '스타엔터테인먼트 대표 우태균'이라고 인쇄

되어 있었다.

"어머, 보담아. 너도 탤런트나 영화배우 하면 된다는 얘긴가 봐! 잘됐다! 한번 해 봐!"

속없는 향금은 신이 나서 아직도 얼떨떨한 보담을 끌어안았다.

하지만 재석은 갑자기 불쾌한 기분이 들었다. 이런 식으로 다짜고짜 얼굴 예쁜 아이들은 무조건 연예계에 관심 있을 거라고 생각해 접근하는 것은 결코 곱게 봐줄 수가 없었기 때문이었다. 게다가 막무가내로 자기라고 부르는 것도 영 거북했다.

"야. 아까 누구라고? 자기네가 키운 연예인이?"

"뭐 방태식, 한철, 아이돌그룹 선더볼트……. 하나도 모르겠는데?"

그러자 향금이 나섰다.

"선더볼트는 들어본 것 같아."

"아무튼 별로 유명하지는 않잖아."

민성이 이미 알조라는 듯 고개를 흔들었다.

버스정류장에서 아이들은 두 무리로 갈렸다. 보담과 재석은 학원가로, 민성과 향금은 집으로 돌아가기로 했다.

"잘 가. 나중에 봐."

먼저 버스를 탄 민성과 향금은 신이 나서 수다를 떨었다. 자리를 잡은 향금은 차창 밖으로 합격증을 흔들며 환하게 웃어 보였다. 어떤 대회건 나가서 1차 합격을 한다는 것은 향금에게는 처음 겪는 일이었다.

두 아이가 떠나고 난 뒤 대치동 가는 버스를 기다리며 재석과 보담은 말이 없었다. 우태균이라는 자가 건네준 명함 하나가 둘의 관계를 머쓱하게 만든 거였다. 마음 같아서는 받은 명함을 버리라고 하고 싶은 재석이었다. 하지만 그런 말을 할 권리나 자격은 없었다. 재석이 말 없이 있자 눈치 빠른 보담이 먼저 입을 열었다.

"재석아, 나 명함 받아서 기분 나빠?"

"아니, 뭐 꼭 그런 건 아냐."

"근데 왜 말이 없어?"

"웃기는 아저씨잖아. 오디션 보러 온 것도 아니고 가수 하겠단 것도 아닌데, 왜 너한테 대뜸 명함을 주냐?"

"그, 그러게 말이야."

"내가 듣기로는 길거리 캐스팅 이런 거 하는 놈들 중에 사기꾼들이 많다는데……."

그 말을 들은 보담이 눈을 동그랗게 뜨고 재석을 보았다.

"호호, 그러면 내가 사기꾼한테 넘어갈까봐 걱정하는 거야,

지금?"

"그, 그건 아니고……."

"걱정하지 마. 나 이런 건 관심 없으니까."

"그, 그렇지?"

관심 없다면서도 보담이 명함을 버리지 않고 가방에 소중히 넣는 것을 보고 재석은 기분이 좀 더 상했다. 하지만 결정은 보담이 하는 거였다. 자신이 나서서 말리거나 이래라저래라 할 수 있는 입장은 아니었다.

이윽고 대치동으로 가는 버스가 도착해 둘은 함께 올랐다. 평소 같으면 이런저런 재미나는 이야기를 깨알같이 나누었을 테지만 재석은 도통 말을 할 기분이 아니었다. 굳이 재석이 입을 다물자 보담은 존 스타인벡의 소설《분노의 포도》를 꺼내 읽기 시작했다. 중간고사가 멀지 않았는데도 자투리 시간이면 이렇게 소설을 읽는 거였다. 소설을 떠올리자 갑자기 학기 초의 국어시간이 생각났다.

김태호는 지난 학기 도중에 부임한 임시교사였다. 국어선생이 갑자기 결핵에 걸려 휴직에 들어가자 학교에서 급하게 강사를 구한 거였다. 첫날 수업에 들어온 김태호는 꼬불꼬불한 파마머리에 마치 오토바이 탈 때 쓰는 것 같은 고글처럼 생긴 색안경을 쓰고 있었다. 게다가 바지는 까만색 윤이 나는 가죽바지였다. 한 마디로 파격적인 차림새였다. 그는 들어오자마자 손에 들고 있던 책을 한 권 높이 들어 아이들에게 보여 주었다.

"나는 김태호라고 한다. 원래는 소설을 쓰던 인간이야. 이게 내 소설이다."

아이들은 술렁거렸다. 그가 소설가라는 말에 서로 좌우를 둘러보며 물었다. 책으로만 만나던 소설가가 바로 눈앞에 서 있다는 사실이 믿기지 않았던 것이다.

"야, 김태호 이름 들어봤냐?"

"아니. 몰라."

아이들이 서로 수군댈 때 그는 손에 들고 있는 자신의 소설책을 흔들며 말했다.

"이게 내 책이다. 읽어 본 사람?"

책의 제목은 '나른한 오후의 살인사건'이었다. 손을 드는 사람은 아무도 없었다.

"당연히 읽은 사람이 없을 거다. 이건 쓰레기니까."

자조적인 그의 말에 아이들은 더욱 충격을 받았다.

"하지만 추리소설 좋아하는 사람 있으면 빌려 줄 테니 말해라. 아, 물론 사서 보면 더욱 고맙고. 나는 원래 소설을 쓰려고 대학 국문과를 택했다. 그런데 가 보니까 막상 소설은 별로 가르치지 않더라. 문학 공부라는 게 소설 쓰는 것 말고 연구하는 것도 중요하다는 걸 그때 알았다. 으하하하!"

별로 웃기지도 않는 말을 해 놓고 그는 웃었다.

"대학교 4학년 때 나는 작가로 등단을 했고, 지금까지 소설을 쓰다가 이 학교에 오게 됐다. 사실 먹고살기 어려워진 탓에 여기에 온 거긴 하다만, 어쨌든 반갑다. 우리 신나게 놀아 보자."

김태호는 한 마디로 괴짜였다. 용모도 특이했지만 그의 솔직한 어법이 아이들을 무장해제시키는 묘한 마력이 있었다. 아이들은 그러한 김태호에게 관심을 보였다. 잠자던 녀석들도 부스스한 얼굴로 이야기에 몰두했을 정도였다. 늘어진 양복에 툭 나온 아랫배를 가진 대부분의 교사와 달리 그는 날씬한 몸매에 옷차림도 세련됐으며, 무엇보다 호방한 태도를 보였기 때문이다.

"자, 너는 무슨 소설책을 읽어 봤나?"

김태호는 맨 앞에 있는 철민이에게 물었다.

"저, 저 소설책 읽어 본 거 별로 없는데요?"

"그 흔한 청소년 소설 하나 안 읽어 봤어?"

"네."

"꼭 읽어 보도록 해. 다음 너."

그는 무작위로 아이들에게 소설 읽어 본 거 있느냐고 닥치는 대로 물었다. 개중에는 그래도 한두 권 소설책 제목을 말하는 아이도 있었다. 재석은 자기 차례가 오지 않기를 바랐다. 처음 보는 선생에게 알량한 독서이력이 드러나는 걸 원치 않았기 때문이다. 그러나 불길한 예감은 여지없이 꼭 적중하곤 했다.

"거기, 덩치 좋은 친구. 너는 무슨 책 읽어 봤냐?"

아이들은 모두 재석이를 쳐다봤다. 설마 재석이가 책을 읽었으리라고는 아무도 생각하지 않았던 것이다.

"저, 저요?"

"그래. 너."

"데,《데미안》하고요《그리스인 조르바》요."

자기가 읽은 책을 남에게 밝혀 보기는 처음이었다.

"그래? 이 녀석 보기보다 책 많이 읽었네. 그것도 묵직한 걸로."

얼굴이 붉어지는 재석이었다. 책이라곤 달랑 그 두 권 읽은 게 전부고 그마저도 보담이의 강권으로 읽은 것인데, 국어선생이 그런 반응을 보일 거라곤 생각조차 못했기 때문이다.

"그래. 어떤 대목이 좋았어?"

"잘 기억이 안 납니다."

"그래그래. 소설을 읽었다고 모든 대목이 기억나는 건 아니지."

다시 교단으로 올라간 그는 아이들에게 말했다.

"국어 교과서에 나오는 문학작품 공부는 잘못된 거다. 문학이란 것은 재미있으면서 감흥을 주고 우리들에게 마음의 양식이 되어야 하는데 교과서에 올라가는 순간 갑자기 맛없는 식은 빵이 되거나 찬밥이 되곤 하지. 있는 그대로 뭔가를 읽고 재미를 찾고 싶다는 마음으로 책을 읽는 것이 중요해. 그렇기 때문에 청소년기에는 특히 많은 책을 읽어야 한다."

김태호는 독서의 중요성을 장황하게 늘어놓았다. 하지만 이미 책과 거리가 먼 대부분의 아이들은 멍한 표정으로 그를 바라보았다. 그때 학급 반장인 호진이가 손을 들었다.

"선생님, 진도 나가시죠."

그 얘기를 듣는 순간 김태호는 호진이를 쳐다보았다.

"자네 공부 잘하나?"

곁에 있는 녀석이 대답했다.

"반에서 1등이에요."

"그래? 진도도 중요하지. 진도를 나가야 밥벌이를 할 수 있으니까. 나 역시 마찬가지고⋯⋯. 하지만 진도와 밥벌이로만 인생을 사는 것은 아니지."

그 순간 호진이가 다시 손을 들고 말했다.

"선생님, 소설 나부랭이가 뭐가 그리 중요합니까? 나중에 어른 되어서도 읽을 수 있지 않습니까? 지금 우리 고민은 성적이고 대학입시입니다."

김태호는 호진을 쳐다보더니 안타깝다는 표정을 지었다.

"소설을 읽으라고 하는 건 다 이유가 있어서다. 내가 밥 먹고 할 일 없어서 너희에게 소설을 권하겠냐? 소설 속에서는 우리를 대신해서 주인공들이 고민을 하고 있기 때문이다. 소설이란 건 뭐냐? 루카치에 의하면 타락한 세계에서 타락한 방법으로 진정한 가치를 추구하는 이야기가 바로 소설이야. 그 타락한 사회에서 문제적 개인이 방황한다는 의미이지. 그러니 결과는 항상 비극적으로 끝날 수밖에 없지. 그러한 비극을 통해서 너희들 같은 청소년들이 고민을 하고 삶에 대해서 인생에 대해서 진지하게 생각해 볼 수 있는 거다. 가만있다가 자, 오늘부터 인생에 대해서 고민해 보자, 이럴 사람은 없거든. 주인공이 사느냐 죽느냐 그것이 문제로다, 햄릿처럼 고민을 한다거나, 《데미안》 읽었다는 녀석은 알겠지만 알을 깨고 나오는 것에 대해서 진지하게 생각해 보는 것. 이게 소설이 우리에게 주는 힘이야. 앞으로 우리 소설에 대해서 진지하게 논의해 보도록 하자. 내가 이곳에 오래 있지는 못하겠지만 너희들 가슴 속에 소설과 문학에 대해서 작은 씨앗이라도 심어 놓고 갔으면 좋겠다는 마음이다.《데미안》과《그리스인 조르바》읽은 너."

갑자기 김태호는 재석을 지목했다. 무슨 소리인지 하나도 모르고 있다가 가슴 뜨끔하도록 놀란 재석이 대답했다.

"네."

"좋은 책 읽었다. 앞으로 좀 더 많이 읽도록 해라."

"네? 네."

고개를 푹 숙인 재석은 쥐구멍이라도 있으면 들어가고 싶은 심정이었다.

김태호와의 국어시간을 떠올리던 재석은 흔들리는 버스 안에서《분노의 포도》를 읽는 보담에게 조심스럽게 입을 열었다.

"그거 포도가 주인공인 소설이야?"

"풋!"

보담은 실소를 터뜨렸다. 틀린 모양이다. 재석은 자신의 무지가 다시금 한스러웠다.

"이건 1930년대 미국을 배경으로 한 소설이야. 나중에 다 읽고 얘기해 줄게."

"지금 어디 읽고 있어? 한 소절만 읽어 줘 봐."

"음, 주인공 톰이 감옥에서 나와서 집에 가다가 어렸을 때 자기에게 세례를 준 케이시 목사를 만난 대목이야."

저기 도랑이 있는 데서 내가 세례를 줬는데 자넨 악의가 없었지만 고분고분하지도 않았지. 여자애 머리에 불독처럼 매달렸거든. 우리가 자네랑 그 여자애한테 모두 성령의 이름으로 세례를 줄 때도 자네는 머리채를 놓지 않았어. 톰영감이 말했지. '저 녀석을 물속에 집어넣어요.' 그래서 내가 자네 머리를 물속에 처박았더니 거품이 올라올 때가 돼서야 머리채를 놓더군. 자넨 악의는 없었지만 다루기가 아주 힘든 애였다네. 가끔은 그런 애들이 자라서 커다란 성령을 받기도 하지.

보담은 다시 책장에 시선을 고정시켰다. 두꺼운 책의 아주 일부분이어서 그게 내용 전체에 어떤 의미를 갖는지 알 길은 없었다. 재석은 스마트폰에 이어폰을 꼽고 음악을 듣기로 했다. 문득 보담의 미모는 남자친구로서 지켜 주기에 참으로 부담스러운 것이라는 생각이 들었다. 그녀의 지성도 감당하기 버거웠다.

맹연습

하지만 이걸 매일 일로 하는 사람들은 힘들 것이다. 힘든 건 싫다. 쉽게 편안하게 사는 방법을 알려면 공부를 해야 한다. 공부해서 출세를 해야 한다. 출세만이 살길이다. 부엌일은 출세를 생각하게 만든다.

"와, 시험 끝이다!"

"집에 가서 푹 자야지."

교실 문을 나서는 아이들은 신이 나서 복도를 질주했다. 일주일간 이어지던 중간고사가 드디어 끝이 난 것이다. 공부를 잘하는 아이들은 잘하는 아이대로, 못하는 아이들은 못하는 아이대로 시험은 스트레스를 주는 거였다.

마지막 시험 답안지를 대강 맞춰 본 재석은 급할 것 없다는 듯 자리에서 일어났다. 그전까지는 한 번도 해 본 적 없는 행동이었다. 하지만 생전 안 하던 공부를 한 번에 몰아서 갑자기 하려니 성적이 빠르게 올라가지 않았다. 이번 시험 마지막 과목인 수학 성적도 거의 바닥을 기고 있었다. 물론 스톤의 멤버가 되어 주먹질이나 하고 다니며 공부와 담을 쌓던 과거와는 비교가 되지 않았다. 그때는 백지로 답안지를 낸 적도 많았기 때문이었다. 하지만 지금의 재석은 아는 문제를 풀기 위해 노력을 했고, 모르는 문제는 가능성 높은 답을 찍기도 했다. 조금씩 성적이 올라가는 것을 보고 담임선생인 김정일은 기회가 있을 때마다 늘 칭찬했다.

"재석이! 아주 좋아! 잘하고 있어."

교장선생까지도 오가다 만나면 아는 체를 하는 판이니 재석으로서는 모범생의 길이 결코 쉽지만은 않았다. 대학입시를 향한 준비 기간은 얼마 남지 않았는데 이렇게 굼벵이같이 향상되는 성적으로는 자칫 대학입시에서 떨어질 수도 있다는 생각이 늘 가슴을 옥죄어 왔다. 공부로 인한 스트레스를 받는 것은 처음인 재석이었다. 하지만 이미 목표를 정했고, 새로운 삶을 살기로 결심했기에 재석은 기꺼이 변화에 적응하려 애를 썼다.

밖에서 가끔 부딪히는 스톤의 멤버들은 서로 보고도 모른 체했다. 게다가 스톤은 부라퀴의 조처에 의해 학교 내에서 일

망타진되고 말았다. 검찰에서 쌍날파를 소탕해 버린 것이다. 스톤을 관리하던 조폭 행동대원 동수가 구속되고 나서 아무도 스톤에게 지시를 내리지 못했다. 한마디로 방향타를 잃은 배처럼 되고 말았다. 거기에 일진 짱인 병규는 퇴학을 당했고, 재석이 스톤에서 매 맞고 나왔다는 사실이 알려져 학교에서는 모두 전설처럼 재석을 바라보았다. 불량 서클에 가입했다 잘못을 깨닫고 빠져나오는 것은 결코 쉬운 일이 아니었기 때문이다. 그래서인지 재석의 반에는 왕따가 없었다. 스톤의 실세였던 재석이 있는 학급이기에 누구도 그 앞에서 주먹을 휘두르거나 누군가를 괴롭히는 일이 없었기 때문이었다. 묵직한 존재, 그 자체로도 분위기가 잡혔다. 교실에서 시끄럽게 떠드는 아이가 있으면 재석은 점잖게 한마디 했다.

"야, 공부 좀 하자. 니들은 공부 다해서 떠들지 몰라도 나는 열라 초조해."

이 한마디면 교실이 정리되었다. 담임 김정일은 그러한 재석의 존재를 고마워했다. 어둠의 세력과 관계를 끊은 거물이 들어와 있는 곳에 날파리들이 날아다니지 않는 것과 같은 효과가 있었기 때문이다.

중간고사가 끝나서 그날은 야간 자율학습도 없었다. 교문을 향해 걷는 재석을 발견한 민성이 쫓아와 들뜬 목소리로 말했다.

"야야, 재석아! 어디 가냐?"

"응, 엄마 식당에."

"니네 엄마 식당? 아, 니네 엄마 비빔밥 먹고 싶은데, 같이 가면 안 되냐?"

"그래라."

민성 역시 스톤에서 나온 뒤 성적이 조금 올랐다. 재석이 모범생의 길을 가려는 것을 보고 덩달아 공부를 시작했고, 부모도 기쁜 마음에 민성의 공부를 지원해 주었기 때문이다. 원하는 목표를 향해 민성도 노력하고 있었지만 까부는 기운은 어디로 사라지지 않아 촐랑대는 것은 여전히 변함이 없었다.

재석 엄마는 부라퀴가 보태 준 돈으로 새로 지은 신도시에 아파트를 한 채 샀다. 하지만 학교 문제도 있고, 달랑 두 식구가 번듯한 아파트에 살 이유가 없다고 엄마는 생각했다. 아파트는 전세를 준 뒤, 그 보증금으로 옆 동네의 햇빛 바른 빌라로 이사를 했다. 둘이 살기에 딱 적당한 크기의 빌라였다.

빌라 전세 보증금을 내고 남는 돈으로는 시장통 입구의 조금은 한적한 곳에 조그마하게 식당을 하나 열었다. 전에 카페를 하던 곳이어서 인테리어는 그대로 두었는데 차려내는 음식은 엄마가 그동안 연구하고 고민한 레시피에 따라서 만들어 낸 퓨전요리였다. 다행히 부근에 대학이 있고, 고만고만한 직장이 자리해서 퓨전요리에 맛을 들인 손님들이 심심치 않게 찾아온다는 거였다. 오늘 같은 날은 식당에 가서 청소라도 한번 하고 설거지라도 돕는 게 재석이의 행동패턴이었다.

두 아이는 어깨를 나란히 하고 걸어가면서 대화를 나누었다.

"야, 향금이 지금 미친 듯이 연습하는 거 아냐?"

"그래?"

"어. 2차 오디션에서는 또 새로운 끼를 보여 준다며 거울 보면서 정신 나간 사람처럼 연기도 하고, 춤추고 노래하고, 난리가 아니다. 난리가 아니야."

"너는 그게 좋냐?"

"그럼 좋지, 임마. 여자친구가 만약 정말로 울트라 케이팝 스타가 되어 봐라. 상금이 3억이야. 3억이면 인생 완전 피는 거 아니냐?"

"대학 진학은?"

"야, 향금이가 그러는데 그런 오디션에 나가서 결과가 좋으면 대학교 실용음악과 같은 데 특기생으로 갈 수도 있대. 차라리 여기 올인하는 게 되지도 않는 영어 수학 공부하는 것보다 빠르다더라."

"응, 그렇구나."

성적이 중위권 정도인 향금이는 아무리 생각해도 인문계 고등학교에서 치열한 입시경쟁을 뚫고 가느니 재능과 끼를 이용하여 대학입시를 통과하는 것이 낫다고 생각하는 것 같았다. 재석은 고개를 끄덕였다. 그것도 하나의 방법이었기 때문이다. 대학 가는 방법은 천차만별로 많아졌으니까.

같은 반에 있는 병조는 어느 날인가부터 김태호에게 찰싹 붙어 다녔다. 김태호는 학교에 오자마자 문예부를 맡았다고 했다. 재석의 반뿐만 아니라 다른 반에서도 김태호는 신선한 파문을 일으켰고, 몇몇 아이들은 그런 김태호를 열성적으로 추종하고 있었다. 개성 있는 김태호의 행동과 언행은 걸쭉하게 고인 물 같던 학교에 신선한 충격이었다. 특히 문학적 감성을 지닌 아이들은 김태호를 중심으로 모여들었다. 그중 하나가 병조였다. 녀석은 쉬는 시간마다 뭔가를 끄적이며 궁리하는 눈치였다. 이를 지켜보던 재석이 물었다.

"뭐 하냐, 너?"

"나 글 써."

"글?"

"응. 우리 문예부에서 내 준 숙제야."

"김태호 선생이 숙제도 내냐?"

"아, 숙제라기보다는 훈련이지."

들리는 바에 의하면 문학에 뜻이 있지만 학교성적으로는 원하는 학과에 갈 수 없는 아이들을 김태호가 모았다고 했다. 감수성이 예민하고 글재주가 있는 아이들에게 대입의 희망을 불어넣어 주었던 것이다.

"문학적 감수성이 좔좔 흐르는 너희들이 그런 보드라운 마음결로 치열한 입시경쟁에서 치이고 산 거 다 안다. 문학은 그런 살벌한 세계가 아니니까 말이다. 하지만 현실을 완전히 무시할 수도 없지 않겠냐? 대학은 가야 하고, 공부는 어렵고, 문학은 그립고……. 이럴 때 해결할 수 있는 방법이 무엇일까?"

"그, 글쎄요?"

아이들은 뒤통수만 긁적였다. 그런 아이들을 문예부실에 모아 놓고 김태호는 일장연설을 했다고 한다.

"그건 바로 문학에 대한 열정으로 대학을 가는 거다. 너희들이 지금까지 꽃피워 보지 못한 문학에 대한 열정과 재능을 내가 불살라 주지. 대학은 너희 같은 아이들을 원한다. 한류가 지금 전 세계를 강타하고 있어. 콘텐츠를 끊임없이 만들어야 해. 글을 잘 쓰는 자가 많이 필요한 거다. 무지무지하게 필요하지. 내 제자들이 그런 한류의 콘텐츠 생산자가 되지 말라는 법이 없다. 내가 너희들의 글을 지도해서 문학특기생으로, 아니면 백일장 당선자로 대학에 가는 길을 열어 주겠다."

그 말은 아이들에게 복음이었다. 자기가 좋아하는 걸 열심히 해서 원하는 전공으로 대학을 갈 수 있다는 것.

유명무실하던 문예부는 그렇게 해서 활기를 띠기 시작했다. 문예부실에는 아이들이 늘 북적북적 모여 글을 쓰고 시를 읽는 소리가 들렸다. 입시가 치열한 요즘 같은 시절에 그건 결코 쉬운 일이 아니었다. 하지만 김태호의 열정은 아이들을 움직였다. 문예부원은 야자시간에도 문예부실에서 공부하고 글을 쓸 수 있도록 학교의 허락을 받아냈다. 그로 인해 병조도 틈나는 대로 책을 읽고 글을 쓰고 있었던 것이다. 반에서 존재감이 약하던 녀석이 갑자기 미묘하게 자신감을 가진 것이 느껴지는 재석이었다.

"야, 그 탐소 잘 가르치냐?"

김태호의 별명은 어느새 탐정소설을 썼다고 탐소가 되어 있었다. 병조는 재석의 물음에 픽 웃으며 대답했다.

"문학을 어떻게 가르쳐? 내가 그냥 하는 거지."

"문학 그거 어려운 거냐? 그거 해서 어느 학과 갈 건데?"

"국문과나 문예창작과 갈려고 해."

"그게 시험 봐서 가는 것보다 쉽냐?"

"그렇진 않아. 이것도 수상경력이 있어야 되고, 입학사정관이 인정할 수 있게 실적이 있어야 돼."

그래서인지 문예부 아이들은 툭하면 수업을 빼먹고 백일장에 참여한다며 이 대학 저 대학 쫓아다니는 것 같았다.

글을 써서 대학을 간다는 말이 재석은 무척 신선했다. 글쓰기를 전공으로 삼겠다는 아이들이 많아지는 걸 신기하게 바라보고 있는 재석에게 먼저 다가온 것은 김태호였다. 어느 날 복도에서 만난 재석에게 김태호가 말을 걸어왔다.

"재석이 너 파란만장했었다며?"

스톤의 멤버였을 때 일을 들은 거 같았다.

"……."

"맘잡았다고 들었다."

"그렇죠 뭐."

"너 혹시 글 써 볼 생각 없냐?"

"글이요?"

"그래 너 같은 녀석이 글을 쓰면 곧잘 쓰거든. 너 책도 많이 읽었잖아."

얼굴이 붉어지는 재석이었다. 겨우 두 권 읽은 걸 가지고 김태호는 재석을 책 많이 읽는 아이로 치부했기 때문이다.

"요즘 무슨 책 읽냐?"

재석은 잠시 머뭇거리다 될 대로 되라는 심정으로 대답했다.

"《분노의 포도》요."

"오, 존 스타인벡! 이 녀석 제법인데? 그런 책을 다 읽고…… 나중에 다 읽으면 나랑 이야기 좀 나누자. 그리고 너 혹시 뭐 일기라든가 이런 거 쓰냐?"

"이, 일기요?"

일기를 써 본 건 초등학교 때가 다였다. 하지만 왠지 김태호에게 그렇게 말하기는 싫었다.

"네. 가끔 생각날 때마다요."

"그래. 일기 열심히 쓰고…… 글 쓰면 언제든지 가져와라. 내가 함 봐줄게. 너같이 방황하던 녀석이 글을 쓰면 잘 써. 옛날에 대경고등학교 문예부 짱이 나였거든. 그때 문예부를 핑계로 여자애들 만나서 뒤꽁무니나 쫓아다니고 그랬던 내가 선생이 될 줄 누가 알았겠냐. 허허. 글 쓰면 꼭 가져와라."

김태호는 툭 치고 지나갔다. 하지만 재석은 고개를 저었다. 자기 같은 사람이 글을 쓸 수 있으리라고는 생각도 할 수 없었기 때문이다.

식당 문을 열고 들어서자 엄마는 마침 식재료를 준비하고 있었다.

"어머, 너희들 왔어?"

"안녕하세요?"

민성이 인사했다.

"청소라도 좀 하고 도와드리려고 왔어요."

"그래, 고마워. 우리 아들. 그러면 청소 좀 해 줘. 밥상이랑 좀 훔쳐 주고. 내가 맛있는 거 해 줄게."

"아줌마, 비빔밥 해 주세요. 비빔밥."

"그래, 알았어. 비빔밥."

재석은 팔을 걷어붙이고 청소를 시작했다. 재석이 식당 바닥과 의자들을 다 닦을 동안 민성이는 식당 앞을 쓸었다. 코딱지만 한 식당이어서 청소하고 주변을 정리하는 데 긴 시간이 걸리진 않았다. 손이 빠른 엄마는 그 사이에 계란을 프라이하고 야채들을 채로 쳐서 고추장을 부어 먹음직스럽게 양푼이에 비빔밥 두 그릇을 만들어 식탁 위에 올려놓았다.

"잘 먹겠습니다."

민성이는 숟가락을 잡자마자 마구 입에 퍼 넣기 시작했다. 밥은 누구와 함께 경쟁하듯 먹을 때 항상 맛있는 법이었다. 재석 역시 지지 않겠다는 듯이 공기밥 두 개를 털어 넣어 비빈 양푼이 비빔밥을 마파람에 게 눈 감추듯 먹어 치웠다. 영업을 위한 식재료를 준비하면서 엄마는 흐뭇한 얼굴로 두 아이를 바라보았다. 얼마 전까지 사고나 치고 말썽을 부리던 재석이 공부한다며 눈이 때꾼해지도록 책을 들여다보는 것은 아무리 보아도 믿어지지 않았다.

"천천히들 먹어라."

"네."

대답은 그렇게 하면서도 아이들은 순식간에 밥을 말끔히 먹어 치웠다.

"아, 정말 맛있어요!"

민성이 트림을 내뱉을 때였다. 식당문이 열리며 파카에 청바지를 입은 건장한 청년이 들어왔다. 바깥 바람을 몰고 들어온 사내는 두 손을 비비며 말했다.

"아주머니, 혹시 도시락 되나요?"

"도시락은 안 되는데, 왜 포장하시게요?"

주방에서 식재료를 다듬던 엄마는 일이 덜 끝났는지 식당 홀로 나오지도 않은 채 큰 소리로 물었다.

"지금은 비빔밥밖에 안 될 것 같은데. 아직 식당 문을 열기 전이라서요."

"그러면 비빔밥 네 개 좀 포장해 주세요. 기다리고 있을게요."

밥을 먹던 재석은 낯익은 목소리에 고개를 얼핏 돌렸다. 그 청년과 눈이 마주친 재석은 깜짝 놀랐다.

"어? 봉식이 형?"

"응? 재석이?"

전의 빌라 202호에 살던 해병대 봉식이었다. 휴가 나왔을 때 골목에서 재석이 병규와 싸울 뻔했던 것을 나서서 말렸던 그였는데 어느새 제대를 했던 것이다. 그래서인지 머리는 아직 짧았다.

"너 웬일이냐?"

"여기 우리 엄마가 해요."

"그래? 이사 갔다더니 식당 차렸어?"

"우리 엄마가 식당 차렸구요. 우리는 여기서 가까운 데 살아요."

그제야 엄마가 주방에서 나와 봉식을 보았다.

"아유, 봉식 총각! 반가워요."

"안녕하세요? 듣자 하니까 누가 도와줬다던데 잘 되셨네요."

"네, 아는 분이 도와주셔서 이사할 수 있었어요."

"재석이 녀석 어느새 범생이 얼굴 다 되었네요."

"호호 그렇죠?"

엄마와 봉식의 대화를 들으며 재석은 뒤통수를 긁적였다.

"할아버진 잘 계셔요?"

엄마의 물음에 순간 봉식은 얼굴 표정이 굳었다.

"저 그게……."

"왜?"

"제가 제대할 무렵에 돌아가셨어요."

잠시 식당에는 침묵이 흘렀다.

"그랬구나. 우리는 이사해서 몰랐네. 저를 어째? 고생하지 않고 돌아가셨어요?"

"네 제대하고 며칠 지나지 않아서 아침에 일어나 보니까 할아버지가 자리에서 안 일어나시더라구요."

그 말을 듣는 순간 재석도 뭐라 위로해야 할 것만 같았다.

"형, 미, 미안해요. 알았으면 찾아뵙는 건데."

"아냐, 괜찮아."

"그럼 형, 요즘 어떻게 지내요?"

"응, 나 연예인 매니저 됐잖아."

"매니저?"

"응, 로드매니저. 지금 저 바깥에 차 서 있어."

그 말을 들은 민성이 궁금증을 못 참고 잽싸게 달려가 식당 문을 열어 보니 앞에는 시커먼 스타크래프트 밴이 한 대 서 있었다.

"와, 연예인 타는 밴이야! 형 누구랑 같이 있는데요?"

참지 못하고 민성이 나서서 물었다.

"응, 아직 신인가수여서 너희들 잘 모를 거야. 브랜뉴라고. 지금 방송 녹화중인데 배고프다고 밥 사오라 그래서 내가 온 거야."

"그럼 형이 저 차 운전하고 다니는 거예요?"

"응, 로드매니저니까 운전은 기본이고 온갖 심부름을 도맡아 하고 있지."

"어떻게 그런 일을 하게 됐어요?"

"해병대 있을 때 가수 하나가 나랑 동기였거든. 이 녀석이 입대 초반에 워낙 힘들어 해서 내가 신경 좀 써 줬더니 그게 그렇게 고마웠나 봐. 제대할 때 나보고 자기랑 같이 일하자고 하더라구. 그래서 그 회사에 얼떨결에 취직이 됐어. SG기획이라고 알지?"

"거기 우리나라에서 제일 큰 데 잖아요. 우와, 형 멋있어요. 연예인들 만날 보겠어요."

민성이 부러워 어쩔 줄 모르며 말했다.

"그렇지 뭐. 아직은 잘 모르겠어. 이제 시작한 지 얼마 안 되었으니까."

"아, 그렇구나. 다행이에요. 형은 로드매니저 잘할 거 같아요. 주먹이 세잖아요."

"하하, 그럴 일은 별로 없어."

그때 엄마가 봉식에게 도시락을 건네며 말했다.

"자, 봉식 총각. 아주 많이 쌌어."

"아유, 아주머니! 이렇게 많이……. 얼마예요?"

"아이 돈은 무슨? 그냥 가."

"아니에요. 회사에서 나오는 돈 있어요. 얼마예요? 말씀하세요."

봉식은 엄마와 몇 번 실랑이를 하더니 강제로 떠넘기듯 돈을 내고는 재석을 돌아보며 명함을 건넸다.

"재석아, 내 명함이다. 언제 한번 연예인 사인 받고 싶으면 와라."

"네, 형."

"맘잡았다니까 공부도 열심히 하고. 나 좀 급하니까 빨리 갈게."

검은 밴에 올라탄 봉식은 시동을 걸고 차창 밖으로 브랜뉴의 시디 두 장을 건네주더니 이윽고 방송국 쪽으로 사라졌다.

"우와, 멋지다, 멋져!"

흥분한 민성은 설레발을 치기 시작했다.

"우리 향금이도 나중에 저런 밴 타고 다닐 텐데. 우와, 저 형 멋있는데 나도 향금이 매니저나 할까?"

"야 임마! 매니저 저거 무지하게 힘들다고 그러던데."

엄마는 잠시 일손을 놓고 재석에게 말했다.

"봉식이 할아버지가 돌아가셨구나. 알았으면 부조라도 할 건데."

"그래도 이렇게 만나는 걸 보니 인연은 인연인 거죠. 그리고 가끔 들른댔잖아요."

"그래. 아유, 배고플 때 우리 집에 와서 언제든지 밥이라도 먹으라고 그럴걸. 그 말을 못했네. 혼자 외로울 텐데."

"걱정하지 마세요. 명함이 있는데요 뭐. 언제든지 제가 전화할게요."

"그래 다행이다. 그래도 취직을 해서."

그때 민성에게 향금의 문자가 왔다.

✉

울집에서 오디션 연습하는데 안 올 거?

"아, 나 오늘 집에 가서 늘어지게 잠잘라 그랬는데……. 재석아, 같이 가자."

"야, 거길 내가 왜 가냐?"

마치 대답이라도 하듯 문자가 하나 더 왔다.

✉

보담이 반주해 줌. 재석이도 델꾸 와

향금이가 오디션 연습한다는 것에 크게 흥미가 당기지 않았지만 보담이 있다니 무시하기도 그랬다.

"야 보담이도 와 있대. 시험 끝나서 다 모여 있나봐. 가자 가자."

"글쎄."

오디션에 향금이가 합격되고 보담이 명함을 받은 뒤 재석과 보담의 관계는 조금은 데면데면해졌다. 하지만 며칠 뒤 둘사이는 다시 원래대로 돌아왔고 중간고사 기간 동안 서로 졸지 말라든가 힘을 내라며 문자와 통화를 통해 다시 친한 친구 사이가 되어 있었다.

"시험도 끝났는데 한번 가자."

"향금이 어디서 연습하는데?"

"향금이 집에서 하지. 개네 집에 피아노 있잖아."

"그럼 한번 가 볼까?"

"그래그래, 가자."

그러자 엄마가 말했다.

"아까 봉식이처럼 비빔밥 싸 줄까?"

"네, 아줌마. 그러시면 감사하죠."

엄마는 재빨리 스티로폼 그릇에 비빕밥용 고명들을 담아 주었다.

"향금이네 집에 밥은 있을 테니까 그 밥에 이거 넣어서 비벼 먹어."

도시락을 들고 재석과 민성은 향금이네 집을 향해 발걸음을 옮겼다. 버스로 다섯 정거장 정도 떨어져 있는 금안여고 부근에 향금이네 빌라가 있었다. 벨을 누르자 안에서 피아노 소리가 멈추며 잠시 후 향금이가 문을 열었다.

"어서 와, 어서 와!"

재석과 민성을 본 향금은 호들갑이었다.

"들어가도 되니?"

"당연하지."

"재석이 엄마가 먹을 거 싸 주셨다."

재석이네 식당에서 밥을 몇 번 먹어 본 두 아이들은 이미 재석이 엄마의 손맛을 알고 있었다.

"신난다! 노래 연습 끝나고 먹어야지!"

향금이를 따라 안으로 들어가 보니 피아노 앞에 보담이 앉아 있었다.

"재석이 왔어?"

"응."

"우리 연습하는 중이야."

"그래. 우리는 조용히 들을게."

향금이는 과거의 향금이가 아니었다. 오디션에 1차 통과를 한 뒤 매사에 자신감을 얻고 있었던 것이다.

"자 들어 봐. 내가 두 번째로 부를 노래야."

보담이의 피아노 반주에 맞춰 부르는 향금이의 노래 실력은 제법 봐줄 만했다. 향금이가 부르는 '거위의 꿈'은 마치 자신의 이야기를 하는 것 같았다. 노래가사가 마치 부르는 사람의 사연을 설명하는 듯해 감동이 배가되었다. 그 사이 향금은 연습을 많이 해서인지 좀 더 실력이 나아진 것 같았다. 노래가 끝나자 보담이 의견을 냈다.

"클라이맥스는 좀 더 힘 있게 불렀으면 좋겠어. 그리고 좀 더 길게 소리를 내야 할 것 같아."

"길게 끝내고 싶은데 숨이 짧아. 그리고 오디션은 주로 앞부분만 듣고 도중에 자르잖아. 설마 뒷부분까지 가겠어?"

"아니야, 그래도 오디션 프로그램 보니까 노래가 마음에 들면 끝까지 듣더라구. 그러니까 끝까지 완벽하게 연습을 해 놓는 게 좋을 거야. 2차 오디션이기 때문에 좀 더 전문적으로 볼 거라구."

처음에 재석은 보담이의 피아노 연주에 넋을 놓고 있었다. 검은색 피아노 앞에 앉은 아름다운 보담이의 모습은 그 자체가 그림이었고 남자라면 누구나 빨려 들어갈 만한 치명적인 매력을 발산하고 있었다. 하지만 저토록 지극정성으로 향금이의 연습을 돕는 것이 잘 이해가 되지 않았다. 마치 자기가 오디션에 나가기라도 하는 양 적극 나서는 것이 조금은 오지랖 넓다는 생각도 들었다. 공부해서 법대를 가겠다고 하는 보담이 왜 저러고 있는지 의아했다.

"다른 곡도 한번 불러 볼게. 들어 봐."

지난번 심사위원들이 가요를 준비하라 그래서인지 오디션용 선곡은 두 곡 다 가요였다. 두 번째 곡 '애인 있어요'는 짝사랑하는 마음을 절절히 담은 노래였다. 그런데 그 노래를 부르는 향금의 발음이 너무 불분명했다.

"야, 너 발음이 왜 그래? 가사가 거의 안 들리잖아."

재석이 참다못해 한마디 했다.

"무슨 소리! 이렇게 불러야 멋있는 거야."

향금은 발끈했다.

"그런가? 텔레비전 보니까 오디션 심사 맡은 어떤 가수들은 발음을 흐리거나 기교를 너무 부리면 떨어뜨리던데."

민성이도 옆에서 거들었다.

"그래, 들어 보니까 그 말이 맞는 거 같아. 노래라는 게 가사 전달이 잘 되어야지, 안 되면 좀 이상한 거 아니냐?"

"치, 니들이 뭘 안다고 그래?"

향금이가 토라졌다.

"향금아, 얘들 말도 일리가 있어. 아무리 노래를 잘해도 가사가 주는 나름의 감동이 있는 법인데, 가사가 잘 전달되지 않으면 결국 손해인 거잖아. 아까 '거위의 꿈' 부를 땐 가사도 잘 들렸고 그래서 더 감동적이었거든. 다시 해 보자."

향금의 노래 소리가 이어질 때 재석은 문예부에서 김태호를 만났던 기억이 떠올랐다. 김태호는 재석을 볼 때마다 끊임없이 글을 써 오라고 종용했다.

"재석이 글 기다리고 있다."

만날 때마다 같은 소리를 듣는 것이 지겨워진 재석은 시달리다 못해 정말 수첩을 꺼내 몇 글자 끄적여 보기도 했다. 하지만 생전 써 보지 않던 글이 갑자기 써질 리는 만무했다. 몇 줄 쓰다 말고 이어지다 말았다. 그런 것들이 노트라든가 교과서 뒷면 같은 곳에 조금씩 쌓여 가고 있을 때 김태호는 재석을 문예부실로 불렀다.

쭈뼛거리며 재석이 문예부실에 들어가자 이곳저곳에서 점심시간인데도 아이들이 책을 보거나 글을 써서 교환해 읽어 주는 것이었다. 어쩐 일인지 이런 차분한 분위기가 마음에 드는 재석이었다.

"재석이 글 가지고 왔냐?"

김태호가 씩 웃으며 다가왔다. '재석이'라는 말에 자기 일에 몰두해 있던 아이들이 일제히 고개를 돌려 바라봤다.

"글이라기보다는……."

"줘 봐봐."

"원고지에 쓰진 않았는데요?"

"괜찮아. 글이 원래 아무 때나 생각나는 때 끄적이는 거다."

재석은 할 수 없이 수첩과 노트를 내밀었다. 몇 줄 되지 않는 글들을 읽으며 김태호는 진지한 표정이 되었다. 참다못해 재석이 한마디 더 했다.

"선생님, 전 글 쓰는 건 아닌 것 같아요."

"녀석아, 그걸 왜 네가 판단하냐?"

김태호는 무시하고 재석의 끄적거린 글들을 빠르게 눈으로 읽었다. 수첩과 노트 뒷부분들을 다 뒤져 본 뒤 고개를 끄덕이며 김태호는 말했다.

"음 너의 글은 초보자가 저지를 수 있는 모든 실수를 다 저질렀구나."

"네?"

"이게 아주 전형적인 초보의 글이 될 것 같다. 애들아 이리 모여라. 재석이가 글 썼는데 같이 보자."

"서, 선생님!"

재석은 황급히 자신의 수첩과 노트를 가로채려고 손을 내밀었다.

"자식! 괜찮아. 글이라는 게 원래 남에게 보여 주려고 쓰는 거야."

김태호는 재석이의 글을 복사해서 아이들에게 나눠 주었다. 재석은 쥐구멍이라도 있으면 숨고 싶은 심정이었다. 태어나서 이런 느낌은 처음이었다. 이러지도 못하고 저러지도 못하는 채 엉거주춤 서 있기만 했다.

"내가 한번 읽어 보마."

김태호는 재석이의 글을 읽기 시작했다.

식당일

엄마를 도왔다. 힘들었다.

그릇 씻는 게 전부였다. 먼저 세제로 물을 풀어서 그릇을 닦은 뒤 맑은 물로 여러 번 헹궈서 소리가 나도록 씻어야 한다.

엄마는 까다롭다. 조금만 미끈거려도 다시 씻으라고 한다.

설거지를 하다 보면 시원하다. 가끔은 재미있다.

하지만 이걸 매일 일로 하는 사람들은 힘들 것이다. 힘든 건 싫다.

쉽게 편안하게 사는 방법을 알려면 공부를 해야 한다. 공부해서 출세를 해야 한다. 출세만이 살길이다. 부엌일은 출세를 생각하게 만든다.

"어떠냐, 얘들아."

문예부 아이들은 재석의 눈치를 살피느라 대답을 하지 못했다.

"재석아, 너의 글은 초등학생 수준이다."

얼굴이 붉어지는 재석이었다. 왜 불려 와서 이런 망신을 당하나 싶었다.

"그래도 초등학교 저학년 수준인 줄 알았더니 고학년 수준은 되네. 조금만 노력하면 중학교, 고등학교 수준으로 올라와서 어른 수준이 될 수 있겠어. 자 이 글의 문제점을 좀 살펴보자. 가장 큰 문제는 글의 주제가 뭔지 알 수 없다는 거야. 부엌일이 힘들다는 건지, 공부를 하자는 건지, 출세를 해야 된다는 건지……. 그렇지?"

"네."

"모든 글은 말이다, 재석아, 한 편의 글에 하나의 주제가 있어야 된다. 주제라는 게 뭐냐? 병조, 주제가 뭐야?"

지목받은 병조가 대답했다.

"글에서 말하고자 하는 중심 생각입니다."

"맞아. 글에서 이야기하고 싶은 걸 주제라고 하는데 너희들 같은 고등학생 정도면 주제는 하나 정도만 명확해야 돼. 어른이 되거나 문호가 되면 주제가 뭔지 여러 가지로 느낄 수 있게 다층적으로 쓰는 작품이 있는데, 그런 작품을 우리가 고전이라고 하지. 하지만 너희들이 쓰는 초보적인 글들에서는 '나는 이것을 주장한다'가 분명히 드러나야 된다."

김태호는 주제론을 강의했다.

"그렇게 보면 재석이의 글은 주제가 모호한 글이다. 가수가 마치 불분명한 발음으로 노래하는 것과 똑같다. 나는 이야기하고 싶은 것이 이것이다 라고 분명히 드러내야 한다. 출세하기 위해 공부해야 한다면 그 부분에 초점이 맞아야 돼. 그러려면 설거지하는 일이 어렵고 힘들다는 것을 전제로 깐 뒤에 출세가 왜 소중하고, 나에게 의미가 있는지가 분명해야지. 반대로 부엌일을 도와드린 것이 이 글의 주제라면 출세라든가 이런 이야기는 이어지면 안 된다. 그냥 어머니 부엌일을 도와드린 일을 묘사하고 느낀 점을 이야기하면 돼. 예를 들면 이 일을 많이 하는 사람들은 참 힘들겠다든가, 부엌일은 단순하지만 참 재미있다든가. 이런 글만 되어도 충분하다."

문예부 아이들은 김태호의 말을 받아 적느라 바빴다. 재석은 무슨 소린지 알아들을 수 없었다. 그저 빨리 이 자리를 모면하고만 싶었다.

"재석이 글은 주제가 불분명하다 보니까 이야기가 비약하게 되고 비약하다 보니까 독자들에겐 이게 무슨 소리야 하는 의문이 생기게 된다. 이런 글은 좋은 글이 될 수 없어. 그래도 칭찬할 만한 점은 있다. 내가 글을 쓰라고 몇 번 애기했더니 드디어 글을 쓰기 시작했구나. 박수 한번 쳐 주자."

문예부실은 갑자기 박수소리로 가득했다. 재석은 다시 한 번 얼굴이 붉어졌다. 하지만 동시에 가슴 속에서 묘한 자부심이 솟았다. 그것은 오기와도 비슷했다.

'아, 주제라는 게 그런 거구나. 글이라는 게 그런 걸 담는 거였어. 몰랐어.'

그날 재석의 가슴 속에는 김태호가 한 말의 주제가 분명히 전달되었다. 주제를 남에게 선명하게 전달하는 것, 그것이 바로 글이었다. 노래 역시 노래에서 말하는 바가 분명한 발음으로 전달되어야 한다는 것을 깨달았기에 향금에게 발음이 불분명하다고 지적할 수 있었던 것이다.

향금의 노래 연습은 이어졌다. 처음 한두 번은 들을 만했지만 두 번 세 번 이어지자 끈기 약한 재석과 민성은 이내 무료해졌다. 집 안을 둘러보니 딸 하나만 있는 집답게 온통 어린 시절의 향금이 사진과 가족들이 찍은 사진투성이였다. 집 안 이곳저곳을 장식한 사진을 하나씩 들춰 보며 재석과 민성은 킥킥대며 웃었다. 어린 시절의 모습에서 별로 변한 게 없었기 때문이다. 연습을 끝낸 뒤 아이들은 비빔밥을 만들어 나눠 먹었다.

"두 번 먹어도 니네 엄마 비빔밥은 진짜 맛있어."

민성의 말에 향금이 물었다.

"니네 아까도 먹은 거야?"

"응. 얘네 식당 가서 먹었지. 야, 보담이 만난다고 얘네 엄마가 고깃가루 더 넣은 거 봐라 야."

그 말을 듣자 보담이 얼굴이 붉어졌다. 재석은 짐짓 모른 체했다.

식사를 대충 마치자 향금이는 커피를 끓여 왔다.

"야, 우리 커피 한잔 마시자. 시험도 다 끝났는데……."

그러자 민성이 눈을 찡긋하며 향금에게 물었다.

"니네 아빠 마시던 술 없냐?"

"안 돼. 술이 어딨어? 우리 집에 그런 거 없어."

"숨겨 놓은 거 있으면 내놔. 한잔만 마시자, 한잔. 배가 더부룩해."

"얘는 우리 집에 와 가지구 술판 벌일 일 있니? 너 그럴 거면 가."

"알았어, 알았어. 그냥 해 본 소리야."

커피를 마시고 잠시 휴식을 나누는 사이에 향금이 대뜸 보담에게 말했다.

"보담아, 너도 오디션 한번 봐."

"안 본다니까 얘 자꾸 그래."

보담이 샐쭉한 표정으로 말했다.

"너의 피아노 실력에다 노래만 조금 연습하면 충분히 될 것 같은데……."

"얘, 내가 무슨 노래 연습해서 오디션을 보니?"

"너 노래 잘하잖아. 그러지 말구 너두 한번 해 봐."

금시초문이었다. 보담이 노래를 잘한다는 이야기는. 재석이도 흥미로웠다. 오디션과 상관없이 보담이의 노래를 한 곡 듣고 싶었다. 그러자 옆에 있던 민성이 바람을 잡았다. 바람잡이 역할은 역시 민성이 전문이었다.

"야, 보담아, 노래 한번 불러 봐."

"어머, 안 돼! 너 또 동영상으로 찍어서 인터넷에 올리려고?"

보담이 눈을 흘겼다.

"아냐, 안 할게. 그냥 구경만 할게."

민성은 기회가 닿으면 몰래몰래 동영상을 찍어서 유튜브에 올리는 취미가 있었다. 이미 향금이의 연습 장면도 스마트폰으로 찍어 놨을 게 분명했다. 눈을 찡긋하는 민성이를 바라보며 재석은 주먹을 들어 보였다. 보담이 노래하는 걸 찍으면 가만 놔두지 않겠다는 표시였다.

보담이는 피아노를 치며 노래를 시작했다. '문리버'였다. 어린 시절에 외국에 살다 와서인지 보담의 영어발음은 기가 막히게 좋았다. 재석은 그저 좋아하는 여자친구가 노래를 불렀구나 하는 마음뿐 보담이의 노래에 별다른 감흥이 없었지만 굳이 내색하진 않았다. 그럴 수밖에 없는 것이 영어 가사를 이해할 정도의 실력이 재석에게는 없었기 때문이다.

노래가 끝나자 향금이네 거실엔 박수소리가 울려 퍼졌다.

"와, 대단해! 보담이 너도 오디션 나가야 되겠다."

"그렇지? 보담이도 나가면 되겠지?"

향금이가 자기 혼자만 오디션 나가는 것이 미안했는지 민성이와 재석이의 동의를 구했다. 하지만 재석은 대답하지 않았다. 그 정도 실력으로 오디션을 통과할 수 있을 것 같지 않다는 느낌이 들었기 때문이다. 영어를 아무리 모른다 쳐도 노래 자체에서 감동을 줄 수 있어야 하는데 그렇지 못했기 때문이다. 게다가 오디션 프로그램이 방송마다 범람해 일반인들도 전문가 못지않게 노래 실력을 제대로 판별할 정도가 되어 있었다. 고개만 끄덕이는 재석에게 보담이 물었다.

"내 노래 별로였어?"

"아, 아냐. 잘했어. 잘했다구."

"별론 거 같은데?"

그러자 향금이 끼어들었다.

"보담아, 연습을 안 해서 그래. 보컬 트레이닝도 받고 연습을 하면 다 잘하게 되어 있어. 첨부터 잘하는 사람이 어딨니? 훈련하고 노력하면서 실력을 쌓는 거지. 나봐, 나. 그리고 가수들 중에도 노래 못하는 애들이 얼마나 많은데."

재석은 보담이의 피아노 연주와 노래에 뜨뜻미지근한 반응을 보이고 말았다. 그날 모임은 그렇게 각자 다른 그림을 그리며 끝이 났다.

변하는 마음

화장을 하고 새로운 모습으로 변모할 수 있는 여자들은
어쩌면 매일매일 다시 태어나는 것일지도 모른다.
그렇게 자꾸 새롭게 태어나고 싶을까?
한번 태어나 사는 인생도 괴로운데 모르겠다.

슈퍼스타 오디션은 일산에 있는 방송국에서 열렸다. 울트라 케이팝 스타 오디션에 대항하기 위해 지상파 방송국에서 새로운 오디션 프로그램을 만든 거였다. 프로그램 포맷은 전혀 달랐지만 기본적으로 오디션이라는 점에서는 다를 게 없었다. 스타를 꿈꾸고 있는 가수지망생들 사이에서는 상금이 5억이라는 슈퍼스타 오디션이 더 큰 관심을 끌어냈다. 슈퍼스타 오디션은 부문별로 나누어서 남자가수, 여자가수, 그리고 그룹 등등으로 다양하게 스타들을 뽑는 구성이었다.

방송국 앞 주차공간은 역시 수백 명의 아이들로 붐비고 있었다. 재석과 민성이, 그리고 향금이와 보담이도 거기에 끼어 있었다. 향금은 편안한 얼굴이었지만 보담은 얼굴이 상기되어 있었다.

"나 떨려!"

보담이 떨린다고 말하자 향금이 등을 쓰다듬으며 말했다.

"나도 마찬가지였어. 해 보면 별 거 아니야. 너 잘할 수 있어."

보담이 슈퍼스타 오디션에 원서를 내게 된 것은 다름 아닌 향금이 때문이었다. 보담이의 속마음을 읽었는지 슈퍼스타 오디션에 보담이 원서를 내도록 강요했던 것이다. 향금이가 나서고 보담이 마지못해 등 떠밀린 모양새였다. 오디션에 보담이 지원서를 냈다는 말에 가장 놀란 것은 재석이었다. 학원이 끝나고 집에 오는 길에 보담이 조심스럽게 먼저 입을 열었다.

"나 오디션에 원서 냈어."

"뭐? 무슨 원서?"

"으, 응. 슈퍼스타 오디션이라고 다른 방송국에서 하는 건데……."

"네가? 가수 될려구?"

다그치는 듯한 재석의 물음에 보담은 얼굴이 귀까지 빨개 졌다.

"아, 아냐. 향금이가 말도 안 하고 원서를 냈더라구."

"향금이가 네 원서를 내?"

"으응. 내가 노래하는 걸 직접 찍어서 보냈어."

쑥스러워하면서도 보담이의 얼굴에 약간 기대감이 내비치는 것을 재석은 읽을 수 있었다. 여자들이란 정말 어쩔 수 없다는 생각이 들었다. 어쩌다 일이 이렇게 되었나 생각하다 보니 보담이 명함을 받았던 일이 문득 떠올랐다.

"혹시 그 쥐새끼같이 생긴 연예기획사 사장 때문이야?"

"아니야, 그런 건 아니야. 피아노 치면서 노래 한번 해 보라고 향금이가 그래서……. 그냥 1차만 해 볼려구. 재미 삼아서, 또 젊은 시절의 추억으로 괜찮잖아. 할아버지도 허락하신다구 그러셨어."

"니네 할아버지가?"

재석은 믿어지지 않았다. 부라퀴가 손녀딸의 그런 엉뚱한 욕망을 허락한다는 것이.

부라퀴 역시 보담이 오디션에 나간다는 말에 적이 놀랐다.

"노래를 평생의 업으로 삼으려는 건 아니지?"

재활훈련으로 몸이 많이 좋아진 부라퀴가 휠체어에 앉은 채 손녀딸을 바라보며 물었다.

"아니에요, 할아버지. 그냥 친구가 한번 나가 보라 그래서요. 제 실력으로는 나가도 아마 떨어질 거예요. 노래 잘하는 아이들이 얼마나 많은데요."

보담은 애써 자신의 출전 의미를 축소하려고 했다. 전혀 예상치 못한 엉뚱한 이야기를 꺼내 부라퀴를 놀라게 한 거였기 때문이었다.

"글쎄, 떨어질 거란 생각을 먼저 할 필요는 없지만……. 그래라 뭐. 청소년기에 다양한 경험을 해 보는 것도 나쁘진 않지. 하지만 학업에 방해되지 않게 해야 돼."

"걱정하지 마세요, 할아버지. 그냥 기분전환으로 하는 건데요, 뭐."

"그래. 그런 마음으로 간다면야 걱정이 없긴 한데, 재석이는 뭐라 하던?"

"아직 말 안 했어요."

"응, 그래."

부라퀴는 의미심장한 얼굴로 고개만 끄덕였다. 뒤늦게 꿈의 방향을 찾아서 한 길을 가고 있는 재석에게 보담이 갑자기 오디션에 도전한다는 이야기를 하는 것이 어떤 영향을 끼

칠지 우려가 되었기 때문이다. 젊음의 강점은 변화에 발 빠르게 대응할 수 있음이다. 그렇기에 어린 시절의 환경 변화는 큰 문제가 되지 않아 조기 유학이니 어학공부가 가능하다. 하지만 그건 다시 말해 굳은 결심이나 강한 목표지향도 젊음이기에 흔들리고 순간순간 바뀔 수 있다는 또 다른 의미이기도 하다. 작심삼일이라는 말은 젊은이들에게 더욱 유효한 어구 아닌가.

사실 보담은 누구보다도 승부근성이 강한 아이였다. 공부를 잘하는 것도 그러한 승부근성이 바탕에 깔려 있었기 때문이다. 남들에게 뒤떨어지고 싶지 않은 마음이 공부를 하게 만들었던 것인데, 향금이가 오디션 1차에 통과했다는 사실은 사실 보담에게 작지 않은 충격을 주었다. 여러 면에서 자신보다 낫지 않다고 생각했던 향금이 오디션에 보란 듯이 합격하고, 그로 인해 수많은 기획사 사장들의 명함을 받는 것을 보며 이건 뭔가 싶었다. 그랬던 터에 슈퍼스타 오디션이 생겨 향금이도 권하고 자신도 피아노 치면서 노래 한번 해 보고 싶다는 생각이 들었던 것이다. 재석은 집안에서도 보담이의 출전을 허락했다는데 뭐라 할 입장이 아니었다. 다만 전혀 예상 못했던 일이어서 좀 당황했을 뿐이었다. 이렇게 해서 네 아이는 다시 뭉쳐 일산의 오디션 현장에 나타난 것이다.

슈퍼스타 오디션은 다양하게 스타들을 뽑아서인지 더욱 많은 지원자들이 모였다. 하지만 분야별로 나누어 방송국 주차장에서 예심 통과자들의 지원표를 배부했기 때문에 그날 모여든 사람들은 아주 많지 않았다. 보담이 간 날은 여자 솔로 가수 부문의 예선이 있는 날이었다. 수백 명의 여자아이들과 그들을 응원하는 사람들이 모여 있는 주차장은 쉴 새 없이 떠드는 사람들 목소리로 떠들썩했다. 재석은 마지못해 따라오긴 했지만 이렇게 많은 여자아이들이 가수가 되거나 연예인이 되겠다고 몰려들었다는 사실에 다시 한 번 입을 벌리지 않을 수 없었다.

　향금이는 보담이 입술과 눈썹에 화장을 해 준다고 난리였다. 처음에는 꺼리던 보담이도 향금이의 억지에 할 수 없이 속눈썹에 마스카라를 칠하고 입술을 바르는 것 정도는 허락을 해 주었다.

　"어머, 이쁘다. 얘! 너 정말 예뻐! 역시 화장도 원판이 좋아야 해."

　가뜩이나 화장을 하지 않아도 이목구비가 뚜렷한 보담이의 얼굴에 눈썹을 그리고 입술을 칠하자 멀리서 봐도 그 선명한 미모가 주위를 밝게 만들 정도였다. 그 얼굴을 보는 순간 재석의 가슴도 황홀함에 두근거렸다. 하지만 넋을 잃고 쳐다보는 주위 시선이 자꾸 신경 쓰이는 재석이었다. 재석은 한쪽 구석으로 돌아앉아 메모를 하기 시작했다.

여자들은 화장을 한다.

화장을 하면 변신을 한다.

아니 어쩌면 변장일지도 모른다.

화장을 하고 새로운 모습으로 변모할 수 있는 여자들은

어쩌면 매일매일 다시 태어나는 것일지도 모른다.

그렇게 자꾸 새롭게 태어나고 싶을까?

한번 태어나 사는 인생도 괴로운데 모르겠다.

되는대로 볼펜 가는 대로 끄적였다. 그러자 옆에 있던 민성이 쳐다보았다.

"야, 너 또 메모하냐?"

"응? 아, 아냐."

재석은 서둘러 수첩을 뒷주머니에 집어넣었다.

그 수첩은 벌써 반 이상 재석이가 끄적거린 메모들로 가득 차 있었다.

재석이 메모를 하게 된 것은 김태호 때문이었다. 문예반에 불려가 글을 지적받은 뒤 재석은 문예부원은 아니었지만 준 문예부원처럼 어정쩡한 입장이 되었다. 문예부 아이들처럼 치열하게 백일장을 쫓아다니며 응모하는 것도 아니었지만 그렇다고 문예부와 담 쌓은 것도 아닌, 내키면 오고 그렇지 않을 때는 빠지는 그러한 형태가 된 것이다. 거기에는 글을 잘 써 보고 싶다는 재석의 염원도 조금은 깔려 있었다.

하지만 무엇보다 강력한 요인은 재석에게 인간적인 매력을 느낀 김태호 때문이었다. 김태호는 그날 문예부에서 빠져나오는 재석의 등을 두들기며 말했다.

"재석아, 글을 잘 쓰려면 말이다, 준비가 돼야 해."

"네?"

"이 세상 모든 일에는 준비가 필요하다. 요리를 만들려고 해도 재료가 있어야 되고, 공부를 하려고 해도 영어단어를 외우고 수학공식을 외워야 되지. 글을 잘 쓰려면 어떤 재료가 필요한지 아니?"

"글쎄요?"

"메모를 해야 돼."

"예? 메모요?"

"그래, 메모. 수첩을 가지고 다니면서 이렇게 떠오르는 생각들을 기록하는 거야. 자 이걸 봐라."

김태호는 자신의 스프링 노트를 꺼내 보여 주었다.

"나는 이걸로 고등학교 다닐 때부터 메모하는 습관을 길렀어. 무엇이든지 적지. 시간 나면 적고……."

"아, 네."

"주위 사람들을 잘 관찰해 보면 메모할 것이 아주 많아. 그리고 언제 어디서든지 메모할 수 있게 항상 가지고 다녀야 돼."

"그렇군요."

"남들이 혹시 볼지 모르니까 기호나 암호를 잘 사용하고 중요한 거는 밑줄을 치거나 한눈에 딱 알아볼 수 있도록 하란 말이야. 이것저것 할 일 없을 때는 메모라도 하고 있으면 그 시간을 네가 버는 거야."

"아, 네."

"그렇게 써 놓은 메모를 뒤적거리다 보면 글 쓸 거리가 생각나고, 그것을 통해서 생각이 확장되는 거야. 자 이거 선물로 줄 테니 가져가라."

김태호는 또 다른 여벌의 메모용 수첩을 건네주었다.

"제, 제가 가져도 됩니까?"

"그래그래. 비싼 거 아냐. 가져가."

그때 받은 메모수첩이 아직까지도 쓰이고 있었다. 아무 생각이나 떠오를 때마다 끄적거리기 시작하면서 제법 습관이

든 것이었다. 이렇게 보담이 화장을 하고 예쁜 얼굴로 변신하는 것을 보자 상념이 떠올라 재석은 얼른 메모해 놓았다.

하지만 나머지 아이들은 재석이 그런 것을 메모로 끄적거리는 것에는 관심이 없었다. 오디션 시간이 다가오고 있었기에 가슴 떨리는 상황만 즐기고 있을 뿐이었다.

재석은 자신이 마치 취재기자라도 된 기분이었다. 남들이 모르는 감정과 정서를 자신만이 낚아채서 잠자리채로 잡은 것처럼 느껴지는 것이었다.

이윽고 오디션이 시작되었다.

"자, 대기자들은 밑에서 기다리세요. 오디션 참가자만 2층으로 올라갈 수 있습니다. 번호대로 올라갑니다."

한참을 기다려서 보담이는 오디션장에 들어갈 수 있었다. 앞에는 미리 말해 놓았던 전자오르간이 준비되어 있었다.

"안녕하세요? 김보담입니다."

방송국 카메라와 조명이 가득 차 있는 곳에 앉아 심사를 보는 것은 유명 가수들이었다. 슈퍼스타 오디션은 아예 동영상으로 심사를 보아 가수들이 직접 예심부터 뽑는 시스템이었던 것이다. 이름만 대면 알 만한 가수들 앞에 서자 보담은 가슴이 뛰었다. 보담의 미모를 본 그들은 환하게 웃었다.

"몇 학년이죠?"

"고등학교 2학년입니다."

"음, 좋아요. 아주 예쁘게 생겼네요."

남자가수 한 사람이 짓궂게 웃으며 말을 건넸다.

"감사합니다."

"부를 노래는?"

"김범수의 '보고 싶다'에요."

보담은 떨리는 가슴을 누르고 노래를 불렀다.

최대한 감정을 담아 경험해 본 적 없는 사랑의 절절함을 노래했다. 하지만 이렇게 남 앞에서 피아노를 연주하고 노래해 본 적이 별로 없던 보담은 떨리는 가슴을 진정시킬 수 없었다. 연주는 조금 틀렸고, 음 이탈이 한두 개 났다. 머릿속이 하얘지는 느낌을 받으며 연주와 노래를 이어 다음 소절로 넘어갈 때 가수들이 말했다.

"됐습니다. 수고하셨어요."

그들은 자기들끼리 작은 소리로 이야기를 나누었다.

"마스크는 참 좋은데, 노래 실력이……."

"그렇죠? 우리는 가수를 뽑는 거니까……."

"영화배우나 탤런트, 이런 걸 하는 게 나을 거 같아. 성적도 전교 상위권이래. 이런 애가 왜 왔지?"

자기들끼리 웅성대던 심사위원들은 마지막으로 보담에게

확인을 했다.

"어떤 일이 있어도 가수가 되고 싶은 건가요?"

"네?"

"어떤 난관이 있어도 가수를 해야 할 이유가 있어요?"

"저, 그, 그게……. 저는 그냥 좋은 경험이겠다 싶어서……."

"그렇죠? 보담 학생은 공부도 잘하고 사는 동네로 보니까 집안도 괜찮은 것 같은데……. 가수로서 특출한 끼가 있다면 발전시켜 나가는 것도 좋겠지만, 저희가 여기서 본 바로는 힘든 연예계에 군이 발을 들일 필요가 있을까 싶네요. 그래서 오늘 저희들은 불합격을 드리기로 했습니다. 너무 속상해하지 마세요."

가운데 앉은 가수가 결론을 내렸다.

보담도 내심 예상하고 있던 결과였다. 자기가 봐도 자신의 연주나 노래가 가수를 할 정도는 아니었기 때문이다.

"네, 감사합니다."

보담은 처음에는 당락 여부에 상관없이 오디션이 끝나면 속이 후련할 것 같았다. 그런데 준비하는 시간이 결코 쉽지 않았기 때문인지 막상 떨어지고 나니 그 충격은 작지 않았다. 흥분이 서서히 가라앉으면서 계단을 걸어 내려오는데 울컥하는 감정을 애써 눌러야만 했다. 보담의 손에 아무것도 들려 있지 않은 것을 보고 세 아이는 언뜻 얼굴 표정이 미묘하게 변했다. 그럼 그렇지 하는 것은 재석의 얼굴이었고, 순간 안도감과 안타까움이 겹쳐 나타나는 건 향금이었다. 순수하게 애석해하는 건 민성뿐이었다. 민성은 재빨리 보담에게 다가가 제일 먼저 입을 열었다.

"괜찮아, 괜찮아. 다른 오디션도 많아. 또 도전하면 되지 뭐."

재석은 애써 표정관리를 해야 했다. 떨어진 게 다행이라는 감정이 드러나면 안 되었다. 어차피 보담은 공부를 하던 아이였기 때문에 오디션에 합격이 되어도 마음 편치 않을 재석이었던 것이다. 하지만 주의해야 했다. 여자애들은 누가 자신의 불행을 기뻐하는지 간파하는 데 귀신같은 재주가 있었기 때문이다.

"너무 속상해하지 마. 괜찮아."

그 말을 들은 순간 보담은 자기도 모르게 재석에게 발끈했다.

"괜찮긴 뭐가 괜찮아? 나 안 괜찮아!"

아이들은 일순 당황했다. 보담이 이렇게 화를 내는 것은 처음 보았기 때문이다. 전혀 의외의 반응이었다. 사실 보담도 알 수 없었다. 연예계 쪽에 재능이 없는 듯하니 본래 잘하던 공부 쪽으로 매진하라는 말은 마치 너는 이 분야에서 열등하니까 꿈도 꾸지 말라는 말로 들려 보담에게 큰 상처가 되었다. 보담은 지금까지 그런 소리를 들어 본 적이 없었다. 어려서부터 외모가 출중했고, 모든 부분에서 다재다능했던 자신이 방송국 1차 오디션에서 보기 좋게 떨어질 줄은 꿈에도 몰랐던 것이다.

　국어시간에 들어온 김태호는 환한 얼굴로 아이들을 둘러보고 말했다.

　"애들아, 기쁜 소식이다. 병조 일어나라."

　병조가 머쓱한 표정으로 일어났다. 둘은 뭔가 이미 알고 있는 것 같았다.

　"이번에 성문대학교 백일장에서 우리 병조가 차상을 받았다. 박수 한번 쳐 주자."

　"와!"

　아이들은 열화와 같이 박수를 쳐 주었다. 뒤통수를 긁으며 병조는 머쓱한 표정으로 아이들을 돌아보았다.

　"성문대학교에서 차상까지 받으면 대학입시에서 유리한 점수를 얻을 수 있다고 되어 있다. 우리 병조는 성문대학교 문예창작과에 꼭 진학해서 좋은 작가가 될 거라고 믿어 의심치 않는다. 병조, 수고했다."

김태호는 병조의 어깨를 두들겨 주더니 품에서 낡은 몽블랑 만년필을 하나 꺼냈다.

"이거는 내가 중학교 때부터 쓰던 만년필이다. 이걸 쓰면서 작가의 꿈을 키웠지. 오늘 드디어 제자인 병조에게 이걸 줄 것이다. 병조 앞으로 나오도록 해라."

교실은 갑자기 숙연한 분위기가 되었다. 병조가 앞으로 나오자 김태호는 만년필을 가슴 높이로 들어 올리더니 엄숙한 표정으로 선언하듯 말했다.

"나 김태호는 그대 소병조에게 나의 분신인 이 만년필을 주노니 피를 잉크로 찍어 쓰듯이 주옥같은 작품을 남기어 수많은 사람들에게 감동을 통해 삶의 의미와 진실을 깨닫게 하는 데 앞장서도록 하라."

교실은 마치 과거 태양신에게 산 사람의 심장을 꺼내 바치던 아즈텍 문명의 제단이 된 것 같았다. 신파조의 대사가 흘러나왔지만 아이들은 숭고한 표정의 김태호 얼굴을 보고는 숨소리도 내지 못했다. 병조는 그 순간 얼굴이 뻘개지더니 눈물을 글썽이며 만년필을 받아 품에 꽂았다.

"병조야, 잘했다. 자랑스럽다."

병조가 들어가 자리에 앉자 아이들은 모두 조용히 뭔가를 끄적이던 병조가 학교의 명예를 빛내며 큰 백일장에서 상을 받았다는 사실이 새삼 대단하게 느껴졌다. 그 가운데 가장 놀란 것은 재석이었다. 문예부에 들었다며 조용히 지내던 병조 녀석이 그 짧은 기간에 이렇게 멋지게 히트를 치다니. 재석은 부러운 마음이 드는 한편 누구나 재주가 하나씩 있다는 사실에 가슴이 찌릿해 오는 것을 느꼈다. 자신이 애들이나 두들겨 패고 얼빠진 채로 시간을 허비했던 동안 병조 같은 아이들은 책을 읽고 글 쓰는 연습을 하여 전국에서 구름같이 몰려든 아이들과 경쟁을 해서 백일장에 입상을 했다. 누가 뭐라는 사람도 없는데 괜히 얼굴이 화끈거리는 재석이었다.

"자 병조가 쓴 글을 다 같이 한번 들어 보도록 하자."

병조는 자기가 쓴 글을 들고 앞으로 나왔다.

"이번 백일장의 주제는 가지 않은 길이었습니다."

프로스트의 시를 인용하며 병조는 글을 읽기 시작했다.

가지 않은 길

소병조

사람들은 대개 가지 않은 길을 동경한다.

나는 공부를 잘하는 친구에게 물은 적이 있다.

"공부 잘하는 너도 가지 않은 길이 있니?"

녀석은 대답했다.

"사실 나는 음악을 하고 싶어. 근데 우리 아버지가 나는 판검사가 되어야 한대. 아버지를 거스를 수 없어서 그냥 공부하는 거야."

성적이 좋았지만 녀석은 자신이 걷고 있는 우등생의 길을 자신의 길로 여기지 않았다. 그에게 가지 않은 길은 아마도 음악을 하며 자유분방하게 창의적인 삶을 사는 것이리라.

나는 또 운동을 하는 친구에게 물었다.

"너는 너의 길에 만족하니?"

그 친구도 대답했다.

"나는 공부를 하고 싶었어. 어머니 아버지가 이혼만 하지 않았다면 계속 공부를 했을 거야."

녀석은 부모의 이혼을 자신이 원치 않는 길을 가는 탓으로 돌렸다. 방황하다 성적이 떨어지자 할 수 없이 엄마가 대학을 보내기 위해 체육과로 가라고 해서 운동을 하게 되었다는 거였다.

이렇듯 내 주변에 있는 사람들과 어른들에게 물어보아도 대개 자신의 길은 원치 않던 길이라고 말한다. 그리고 가지 못한 탄탄대로가 따로 있었노라고 말한다. 하지만 그 탄탄대로를 걷는 사람은 도대체 누구일까?

한번은 의대 다니는 형을 만난 적이 있었다. 모든 입시생의 선망인 의대를 다니는 형에게 물었다. 의대 다니는 것에 만족하냐고. 그 형은 볼만 가득한 목소리로 말했다. 더 좋은 의대를 다니지 못하는 게 불만이라는 거였다. 나는 좀 놀랐다. 그러면 더 좋은 의대 다니는 의대생들은 탄탄대로를 걷는다고 스스로 생각할까? 아마도 아닐 것이다. 더 좋은 대학보다 더 좋은 대학, 그보다 더 좋은 대학에서는 인간들이 끊임없이 자기들이 생각하는 탄탄대로를 만들어 놓고 자신의 길을 험한 길, 원치 않던 길이라고 여기는 것 같다.

그렇게 따지면 이 세상에는 누구도 탄탄대로를 걷고 있는 사람이 없다. 탄탄대로를 걷고 있는 사람이 없는데 모두들 탄탄대로를 걷지 못하는 자신의 처지에 만족하지 못하는 것은 무언가 잘못되었다.

나는 여기서 곰곰이 생각하고 작은 결론을 내렸다. 가지 못한 탄탄대로는 이 세상에 없다고. 그렇다면 결국 내가 걷고 있는 이 길이 나의 길일 뿐이다. 이 길을 걸으면서 탄탄대로를 생각하는 인간들은 어리석은 존재일까? 아니면 발전을 생각하며 보다 나은 삶을 원하는 존재일까? 이것도 저것도 아니면 자신의 길을 소홀히 하면서 있지도 않은 탄탄대로를 생각하는 부질없는 존재일까?

그렇게 해서 인생에는 탄탄대로가 없음을 나는 알았다. 길이 있다면 오로지 나의 지금 이 길이 최선이다. 이 길을 최선을 다해서 가는 것, 이것이 가지 않은 탄탄대로에 대한 보답이다. 내가 오늘 지금 갈 길이 있다는 것 그것은 곧 살아 있음이기도 하다.

낭독을 마치자 박수가 쏟아졌다. 병조의 글을 듣고 있던 재석은 깜짝 놀랐다. 글 한 편이 이렇게 생각할 거리를 많이 제공할 줄은 몰랐기 때문이다. 어리버리하게만 보았던 병조의 글이 자신에게 깊은 울림으로 와 닿는 것을 느끼는 순간 재석은 모골이 송연해졌다. 이래서 글이 무섭다는 거였다. 펜이 칼보다 강하다는 말이 왜 나왔는지를 알 수 있었다.

재석의 그런 마음은 아랑곳없이 김태호는 병조에게 물었다.

"이런 좋은 소재, 어디서 구했냐?"

"선생님 말씀대로 저도 계속 메모를 하고 있었어요. 교과서에 실린 '가지 않은 길'을 보면서 저는 다르게 생각해 봤어요."

"그래. 맞아. 글이란 이런 거다. 남들이 다 이거라고 생각할 때 다르게 생각하는 것. 그게 좋은 글을 쓰는 비법이야. 비슷하게 남들이 썼을 법한 글을 쓰는 것은 글이 아니야. 문학이 아니고, 거기서 더 나아가서 내 삶이 아니다. 자기만의 삶, 자신의 가치기준으로 사는 삶을 너희들은 살아야 한다."

며칠 뒤 교장선생 앞에서 상을 받은 병조는 학교의 스타가 되어 있었다. 그것은 오디션을 통과한 연예인 스타에 못지않은 관심과 열광이었다.

아이들은 힘없이 방송국에서 빠져나와 전철역을 향해 걸었다. 향금이는 계속 어깨동무를 하고 보담이를 쓰다듬어 주었다. 보담은 애써 괜찮다는 듯 섭섭함을 내색하지 않았다. 하지만 향금은 내심 으쓱하는 마음을 느끼고 있었다. 공부도 잘하고 미모도 앞서는 보담이지만 노래 실력만은 자신에게 처진다는 걸 확인했기 때문이다.

"향금이 너라도 나 대신 잘해."

"응, 알았어."

바로 그 다음 날 향금이는 울트라 케이팝 스타 2차 예선에 나가야 했던 것이다.

"내일 나는 학원 때문에 응원 못 가지만 꼭 합격해."

헤어지면서 보담이는 향금이에게 힘을 실어 주었다.

"응, 네 몫까지 꼭 해서 합격할게. 파이팅!"

아이들 넷은 그렇게 종로3가역에서 반으로 나뉘어 헤어졌다. 다음 날 향금이 응원은 민성만 가기로 했다. 재석은 보담을 집까지 바래다주고 마지막으로 말했다.

"보담아, 이제 공부 열심히 해. 오디션에 한 번 참가해 본 것만으로도 좋은 추억이잖아."

다시 발끈할까 봐 긴장하며 조심스레 건넨 재석의 말에 그새 기분이 풀렸는지 보담은 순순히 고개를 끄덕였다.

“응, 알았어.”

하지만 재석은 몰랐다. 보담이 상처 입은 자존심을 치유하려 애쓰며 간신히 고개를 끄덕였다는 사실을.

손녀의 불합격 소식을 들은 부라퀴는 미소 지었다. 오히려 그것이 잘되었다는 생각이 들었기 때문이다. 손녀딸인 보담이는 지금까지 원하는 것을 이루지 못한 적이 없었다. 재능이면 재능, 실력이면 실력에서 항상 발군이었고 최선을 다했다. 강력한 승부근성을 가지고 있기도 했고, 머리도 좋았고 성실했기 때문이다. 하지만 그것만으로도 안 되는 것이 바로 예술적인 재능이었다. 오랜 서도의 길에서 부라퀴는 이미 그걸 알고 있었다. 그랬기에 이것이 오히려 보담에게는 약이 되리라는 생각으로 고개를 끄덕인 것이다. 언젠가 맛볼 좌절이라면 차라리 일찍 맛보는 것이 낫다는 생각이었다.

“보담아, 혹시 그거 떨어졌다고 속상한 건 아니지?”

“아니에요. 할아버지.”

“보담이 너는 줄곧 싸워서 이겼잖니. 너처럼 싸워서 이기기만 할 수는 없어. 살다 보면……. 미국의 대통령이었던 로널드 레이건 얘기를 해 줄까? 레이건은 미식축구 선수였거든? 그런데 상원의원이며 주지사, 그리고 대통령 선거에 나가서 여러 번 패배했어.”

부라퀴는 로널드 레이건 이야기를 해 주었다.

대통령 후보 경선에서 패배하자 기자들이 레이건에게 물었다.

"레이건 상원의원. 이번에도 또 대통령 선거를 지셨습니다. 더 이상은 대통령직에 도전하지 않을 생각인가요?"

레이건은 씩씩하게 말했다.

"나는 젊어서 미식축구 선수였습니다. 주말이면 이 학교 저 학교 옮겨 다니며 시합을 했지요. 지금 돌이켜 보면 그때 이겼던 기억보다 졌던 기억이 훨씬 많았습니다. 승부란 건 주로 지면서 어쩌다 한 번 크게 이기면 되는 것입니다. 다음에 또 도전할 것입니다."

레이건의 이야기를 들려주며 부라퀴는 말했다.

"보담아, 살면서 이기기도 하고 지기도 하는데 마흔아홉 번 지고 쉰한 번 이기면 그건 전체적으로 이긴 거야. 그러니까 털어 버려라."

"네, 할아버지."

보담은 상처 입은 마음을 지우려 애썼다.

하지만 아무리 지우려 해도 얼굴은 예쁘지만 노래는 아니라는 식으로 쳐다보는 심사위원 가수들과 그들의 시선을 지울 수가 없었다. 시간이 흐를수록 그건 주홍글씨처럼 모멸의 기억으로 각인되었다.

다음 날 향금은 오후 무렵에 보담에게 문자를 보내왔다.

✉

나 합격!

3차만 통과하면 합숙이당!

축하해줘

보담은 당장 전화를 걸었다.

"향금아, 축하해. 정말 축하해!"

"응, 보담아! 나 정말 됐어. 믿어지지가 않아! 글쎄 이번에는 가수 이범호가 나왔는데 나보고 목소리가 너무 좋대. 꿈인지 생신지 모르겠어! 민성이가 지금 옆에서 좋아서 펄쩍펄쩍 뛰어!"

민성이의 괴성이 수화기 저편에서 들렸다.

"정말 축하해!"

"그래그래. 우리 이따 만나자."

전화를 끊고 방에 들어간 보담은 난생 처음 겪는 묘한 감정에 사로잡혔다. 분명 향금에게 좋은 일은 자신에게도 기쁨이어야 했다. 그런데 묘하게 밀려드는 부러움과 질투는 바로 시기심이었다. 수치로 여겨야 할 시기심이 난생 처음 보담의 마음 안에 들어왔다. 물질적인 부에서부터 성적, 미모, 배경, 행복이나 만족감까지도 시기의 대상이 될 수는 있다. 하지만 이렇게 보담이 누군가를 시기해 본 적은 없었다. 처음 겪는 것이라 익숙하지도 않았고 어떻게 대처해야 할지도 몰랐다.

방 안을 바장이던 보담은 문득 향금이 오디션에 처음 합격했을 때의 기억이 떠올라 책상서랍을 열었다. 그리고는 그 안에 있는 명함을 집어 들었다. 우태균의 연예기획사 명함이었다. 휴대전화를 들어 명함의 번호로 전화를 걸었다. 한참 신호가 간 뒤에야 전화를 받았다.

"저 기억하실지 모르겠어요. 저번에 잠실운동장에서 명함 주셨는데……."

"아, 그래요? 이 전화번호로 다시 전화를 드릴게요. 지금 조금 바빠서요."

주위가 시끄러운 곳에 있던 우태균은 전화를 끊었다. 끊고 나자 보담은 자신이 무슨 짓을 했는지 믿어지지 않았다.

우태균의 제안

나팔꽃은 인도에서 왔다고 한다.
접시꽃은 중국, 채송화는 남미에서 왔다.
봉숭아조차도 동남아에서 왔단다.
그러면 한국산이 확실한 꽃은 그녀.
너는 나의 때 묻지 않은 순수함이구나.

야간 자율학습을 시작하기 전까지 30분의 저녁식사 시간
이 있었다. 재석은 엄마가 싸 준 도시락을 10분 만에 먹어 치
웠다. 도시락을 비운 뒤 남은 20분을 쓰기 위해 재석은 자신
만의 조용한 공간인 학교 뒤로 갔다. 이미 해가 뉘엿뉘엿 아
파트 사이로 넘어가고 있었다. 가을 해는 짧았다. 아늑한 건
물 모퉁이에 주저앉은 재석은 휴대전화를 켰다. 스마트폰은
언제 어디서건 인터넷에 접속이 되는 게 좋았다. 습관적으로
들어간 곳은 글바다.

글바다는 우연히 알게 된 인터넷 사이트였다. 이 세상의 모든 글들은 다 모아 놓고 서로 공유한다는 사이트였다. 문예부에 발을 반만 담근 상태에서 글쓰기에 관심을 가진 재석의 입장에서는 남들에게 자신의 글을 읽힐 수 있는 공간이 필요했다. 하지만 병조처럼 문예부에 가서 자신의 글을 대놓고 읽고 보여 준다는 것은 아직 시기상조였다. *끄적끄적* 메모를 하는 것은 은근히 체질에 맞았다. 아무에게도 보여 주지 않고 자신의 생각을 글로 쓰고 적는 것이 이렇게 재미있는 줄 몰랐다. 무엇이든 적어도 되고, 누구도 뭐라 하지 않으니 수첩에 글을 적는 일은 어느새 재석의 새로운 취미가 되어 있었다.

어느 날 우연히 본 글바다의 잡문카페에 올라온 글들은 자신의 메모 수준만도 못한 것들이 많았다. 긴 글부터 짧은 글까지 각양각색의 글이 그득했고, 어떤 녀석은 장편소설을 연재하기도 했다. 대개는 연예인을 주인공으로 한 팬픽이 많았다. 초심자의 방에 들어가 재석이 자신의 글을 남기게 된 것은 2주 전이었다. 처음 올린 글은 아주 짧고 간결한 글이었다. 어느 순간 보담을 생각하며 지은 글이었던 것이다.

나는 그녀를 사랑했다.

나의 가장 소중한 것을 주고 싶었다.

그리하여 나는 나의 오른팔을 잘라 주었다.

그녀는 고맙다며 내 생일날 자신의 왼팔을 잘라 주었다.

그렇게 해서 나는 왼팔만 두 개인 사나이다.

엽기적이며 편집증적인 글이었지만 재석의 입장에서는 보답을 위해서라면 그러한 희생도 아깝지 않을 거라는 생각에서 비유적으로 써서 올린 글이었다. 그런데 초보자의 방에서 이 글은 폭발적인 반응을 불러일으켰다.

- 끔찍한 글인데 이상하게 끌리네요

- 그로테스크, 엽기, 끔찍, 잔인, 살벌……… 그러나 감동!

- 기발하고 상상력이 뛰어나네요

그러한 글이 상상력의 산물이라는 것을 재석은 댓글을 통해 알게 되었다. 글에는 제한도 없고 한계도 없었다. 상상 역시 무제한이었다. 무엇을 쓰든 허용되고 그것을 통해서 새로운 세계가 열리는 것을 알았다.

그 뒤로 재석은 메모해 둔 글들을 다듬어 올리는 것이 취미가 되었다. 자신의 어둡고 답답한 마음을 정리해서 올리다 보면 긴장이 풀리고 뭔가 삶의 활력소가 되었다. 오늘도 재석이 올린 글에 댓글이 얼마나 달렸나 싶어 검색을 하는 중이었다. 어제 올린 글은 짧은 한 편의 시 같은 메모였다.

> 나팔꽃은 인도에서 왔다고 한다.
> 접시꽃은 중국, 채송화는 남미에서 왔다.
> 봉숭아조차도 동남아에서 왔단다.
> 그러면 한국산이 확실한 꽃은 그녀.
> 너는 나의 때 묻지 않은 순수함이구나.

　말도 안 되는 글이라고 생각하며 써서 올렸는데 댓글은 역시 열광적이었다.

　- 이 글 쓰신 JS님, 님 쫌 짱인듯

　- 그녀를 엄청 사랑하시나봐요 킥킥!

　- 완전 한국적으로 눈은 납작, 얼굴은 둥글둥글, 입술은 펑퍼짐……
　　이런 거 아닐까?

　별별 댓글들이 다 달렸다. 그런 댓글들을 보며 재석은 생각했다. 상상은 자유라는 것을. 김태호도 항상 글을 쓸 때 상상이 중요하다고 이야기했다.

"애들아, 가끔 보면 정치인 가운데 소설가가 있지? 그거 왜 그런 줄 알아? 소설가들은 오만 걸 다 상상하거든. 현실을 상상의 도구로 삼다 보니까 자기가 정치를 하면 잘할 거 같거든. 그래서 정치가들 중에 소설가들이 가끔 있는 거야. 그 얘기는 다시 말하면 문학은 현실을 바탕으로 한 상상의 산물이라는 거지. 상상할 수 없는 삶은 얼마나 갑갑한 거겠니. 좋은 글을 쓰려면 항상 상상력을 길러야 한다. 물론 엽기적인 상상도 있겠지만 내가 살고 있는 이 현실이 어떻게 변화해 나갈 것인가, 어떻게 되어야 할까, 미래의 나는 어떤 모습일까…… 이런 것을 자꾸 상상하는 것이 결국은 나의 발전에 도움을 주는 거야."

김태호는 기회가 닿을 때마다 상상력의 중요성을 강조했다. 재석은 그런 면에서는 오히려 공부를 치열하게 하지 않았던 것이 도움이 되었다. 정답을 외우고 주어진 글들을 숙지하는 것이 지금까지의 교육제도라면 그런 영향을 받지 않았기 때문이다. 주먹을 휘두르며 룰을 벗어나고 규칙을 어기던 습성은 오히려 이렇게 글을 쓸 때 자유분방한 상상력으로 도움이 되곤 했다.

글을 들여다보다 휴대전화를 끄고 야간 자율학습을 시작하려던 재석에게 보담의 문자가 왔다.

✉

오늘 저녁 때 나랑 어디 좀 갈 수 있어?

모범생인 보담이 이런 문자를 보낸 것은 처음 있는 일이었다. 대개의 저녁시간은 보담에게 야자나 학원의 다른 말이었기 때문이다. 신중한 보담의 성격으로 보아 그런 것을 다 관두고 가야 한다면 중요한 일임에 분명했다. 재석은 담임인 김정일에게 말했다.

"선생님, 저 급한 일로 외출 좀……."

"무슨 일인데?"

"어머니 식당에 제가 도울 일이 생겼어요."

간만에 거짓말을 하려니 양심이 찔렸다.

"그래? 그럼 나갔다 와. 외출증 끊어 줄게."

김정일은 이제 재석을 철석처럼 믿었다. 사고 치지 않고 열심히 공부하는 모습을 보았기 때문이다. 여기저기 다니며 재석이가 변했다고 입에 침이 마르도록 이야기하고 다닐 정도였다.

금안여고 앞 빵집에는 보담이 벌써 와 있었다. 이런저런 생각으로 복잡한 얼굴의 보담을 보자 재석은 무슨 일이 있나 싶었다.

"무슨 일이야?"

"배고프지? 빵 좀 먹어."

빵과 우유를 먹으며 재석은 보담이의 얼굴 표정을 힐끔힐끔 살폈다. 뭔가 상기된 듯하면서도 두려워하는 얼굴빛이었다. 그러한 보담을 처음 보는 재석이었다.

"나랑 어디 좀 가자."

"어딜 가려고?"

"사실은 연예기획사에 좀 가려고 해. 저번에 명함 줬던 우태균이라는 사람 좀 만나려고……."

"우태균? 누군데, 우태균이?"

"있잖아. 저번에 향금이가 1차 예선 통과했을 때 명함 준……."

순간 재석은 짙은 폴로 향수 냄새가 떠올랐다.

"아, 그 쥐새끼같이 생긴……."

"어머 얘, 어른한테 그게 무슨……."

재석은 의외였다. 잊고 있던 기억의 편린을 보담이 끄집어내는 이유를 알 수 없었다.

"아, 그, 그래. 근데 그 사람을 왜 만나려는 거야?"

"오늘 자기 사무실 구경하러 오랬거든."

"이 시간에?"

"응. 기획사 연습실이랑 사무실 구경하러 오랬어."

"아니 너랑 어떻게 알았는데?"

보담이 전화를 걸어 우태균을 만난 것은 며칠 전이었다. 나중에 전화를 걸어와 시내 커피숍에서 만나자는 우태균의 말을 듣고 보담은 사복으로 갈아입었다. 최대한 성숙하게 보이려고 입술에 립글로스도 살짝 바르고, 눈 화장을 한 뒤 보담은 시내의 커피숍으로 나갔다. 먼저 도착해 기다리고 있을 때 휴대전화를 귀에 대고 어딘가로 통화하면서 우태균이 들어왔다. 그가 좌우를 살피는 모습에 보담이 일어나 손을 들었다. 그러자 그는 긴가민가 다가오며 기억을 되살려 보려고 눈을 가늘게 뜨고 보담을 살폈다.

"누구시더라……요?"

"저번에 케이팝 오디션 때 잠실에서 저한테 명함 주셨잖아요."

"아, 그렇군요."

짐짓 기억난 척했지만 우태균은 사실 수없이 많은 오디션 참가자들에게 명함을 뿌렸던 터라 보담을 정확히 기억하진 못했다. 하지만 마주앉아 보니 보담의 깊은 눈매와 상큼한 미모 때문에 저 정도면 자신이 분명 명함을 주었을 거라는 확신이 들었다.

"그때 제가 명함 드렸었죠? 마스크가 좋다고."

"네."

그런 말을 들으니 얼굴이 다시 붉어지는 보담이었다.

"정말이에요. 아주 이뻐!"

유행어를 흉내 내 칭찬을 한 뒤 그는 양손의 엄지와 검지 끝을 엇갈리게 맞붙여 프레임을 만든 뒤 보담의 얼굴을 자세히 들여다보았다.

"마스크가 아주 신선해. 어느 학교 다니는 누구지?"

"금안여고 다니는 김보담이에요."

"이름도 예쁘네. 보담이. 아주 독특해. 좋아요. 어떻게, 연예계 쪽에 관심 있어?"

"관심 있다기보다는 슈퍼스타 오디션 봤는데요, 1차 예선에서 떨어졌어요."

"하하하하, 슈퍼스타 그런 거 다 소용없는 거야. 상금 5억 원 준다 그러지만 그 5억 원 받아서 어디다 쓰겠어? 부모님 집 사 주고, 좋은 차 사고, 옷 사 입고 신나게 쓰고도 남을 것 같지? 천만에. 옷 좀 사 입고, 음반 취입하고, 이것저것 하려면 아무것도 남는 게 없는 빈손이라고. 돈 다 쓰고 나면 그때부터 누가 돌봐 주나? 방송국이? 오, 노! 그럴 리가 없지."

"네? 그러면 그냥 스타 되는 거 아니에요?"

"무슨 소리야? 스타 되는 게 그렇게 쉬운 건 줄 알아? 사법 고시 합격하면 바로 판검사 될 것 같지? 천만에. 사법연수원 가서 2년간 쎄빠지게 공부해야 돼. 그리고 그 연수원에서 나오면 바로 뭐 나라에서 먹여 주나? 천만에. 판사, 검사가 되면 나라에서 쥐꼬리만큼이라도 월급이 나오지만 변호사 같은 사람은 자기가 뛰어서 먹고살아야 돼. 요즘은 6급 공무원으로 취직하기도 하지. 우리나라 최고의 천재들도 이런데 연예인들? 수십, 수백만 명이 연예인 되겠다 그러고 있어. 그런데 거기에서 오디션 통과했다고? 오디션이 한두 갠가? 정말 중요한 성공은 기획사를 잘 만나야 되는 거야. 1회 오디션 프로그램 1등 한 애들 지금 뭐하고 있지? 기억이나 나나?"

들고 보니 벌써 기억이 가물가물했다.

"조용필이 오디션 통과했다는 얘기 들었어? 아니잖아. 그래도 나훈아, 조용필, 남진은 온 국민이 알고 있는 스타지. 왜 그러겠어? 진짜 훌륭한 스타는 매니지먼트를 잘해 주는 기획사가 뒤에서 굳세게 키워 주는 거야. 가수뿐인가? 스포츠 하는 사람들, 영화배우들 다 기획사가 있어서 그 사람들이 언론에 소개도 해 주고, 매니지먼트도 해 주고, 기사와 매니저 붙여 주고 이러니까 일에만 전념하고 실력을 쌓아서 유명해지는 거라고. 그런 돈이 다 어디서 나와? 상금 5억 원? 턱도 없어! 밴 굴리면서 매니저 월급 주고 의상비에다 코디 월급 줘봐. 1년도 못 가서 그 돈 다 바닥나!"

보담은 듣도 보도 못한 연예계의 실상 이야기를 듣자 기부터 질렸다.

"그렇기 때문에 정말 좋은 매니지먼트 회사를 만나는 게 중요해. 나 같은 사람은 오가다가도 딱 가능성 있는 사람을 잘보거든. 내가 진심으로 좋아하고 내가 봐도 정말 이쁘고 감동받는 사람이 아니면 키울 수가 없어. 그게 아니라면 죄다 사기야. 내 돈 들여서 투자해서 키우는 건데 내가 믿음이 없으면 되겠어? 내가 마음에 안 드는 사람한테 투자하나? 안 하지. 보험 모집하는 사람들이 가장 먼저 하는 일이 뭔지 알아? 바로 자기가 먼저 보험에 드는 거야. 보험이 정말 좋은 거라는 확신이 스스로 들지 않으면 남에게 권할 수가 없거든. 작가도 글을 쓸 때 자기가 감동받아야 쓰는 거야. 자기가 쓰면서 눈물을 뚝뚝 흘린다고. 자기도 감동 안 받으면서 어떻게 남을 감동시켜? 가수들이 노래하다가 우는 거 봤지?"

"네, 네."

"그렇게 자기가 스스로 감동받으면 보는 청중들도 감동받는 거거든. 싸이 같은 가수 보면 무대에서 정말 신나게 노는데, 자기는 안 즐거울까? 걔 잘 놀아. 진짜 자기도 즐겁기 때문에 매일 그걸 하는 거야. 재미없으면 매일 어떻게 순회공연을 다니겠어? 죽어도 못해."

들고 보니 요지경 같은 이야기였다. 보담은 얼이 빠진 사람처럼 우태균의 이야기에 귀를 기울였다.

"보담이는 보아하니까 아주 지적인 마스크야. 메릴 스트립 같은 영화배우가 될 수 있을 것 같아. 연예계 오는 애들 중에 머리 빈 또라이들이 많거든. 뭔 말을 해도 말귀를 못 알아듣고 예능 프로 나와서 엉뚱한 소리 하는 것 봤지? 무식해서 그래. 공부도 못하고 날나리였던 것들이 얼굴 이쁘다, 춤 좀 춘다, 노래 좀 한다는 소리 듣고 막무가내로 이쪽에 오니까 연예인 이미지 다 망치는 거야. 보담 양 보니까 공부도 잘하게 생겼네. 성적은 어때?"

"조, 조금요."

"전교에서 몇 등이야?"

"전교에서요? 상위권인데요."

그 말에 우태균은 살짝 놀랐다. 하지만 이내 내색하지 않고 물었다.

"1등 해 봤어?"

"네. 거의……."

"그, 그런 거 같아. 얼굴도 예쁘고, 공부도 잘하는군. 사는 데는 어디야?"

"다곡동이오."

우태균은 이내 확신을 가졌다. 분위기와 말투, 그리고 입성에서 보담이 부잣집에서 귀하게 자란 딸임을 간파하고 있었던 것이다.

"보담 양 같은 사람이 연예계 들어오면 발전이 있어. 예쁘고 똑똑해 봐. 누구든 좋아하잖아. 서울대학 나온 연예인들이 다 뜨는 이유가 뭐야? 서울대학 나온 애들이 머리가 좋고 사람들이 좋아하거든. 그러니까 되는 거야. 물론 서울대 인맥 빠방하지. 언제 한번 우리 연습실에 놀러 와. 내가 우리 연습생들 보여 줄 테니까. 우리는 절대 사기 치는 업체가 아니야. 연예인을 투자로 보는 거야. 사업으로 보는 거라고. 철저한 사업가 마인드로 접근해야 성공할 수 있는 거야. 재능도 없으면서 노래가 좋아요, 춤이랑 연기가 좋아요, 그런 애들은 쌓였어. 근데 그런 애들은 영 힘들어."

우태균과 만난 두 시간 동안 보담이는 완전히 별세계를 보는 것 같았다. 그가 꺼내는 이야기마다 스타들의 이야기였는데, 마치 동네 이웃에 있는 친구 이야기하듯 하는 것에 얼이 빠진 것이다. 그리하여 며칠 뒤 덜컥 우태균의 연습실에 가 보기로 약속을 해 버리고 말았다.

하지만 정작 연습실에 갈 날이 다가오자 알지도 못하는 곳을 혼자 찾아 가야 한다는 두려움에 재석의 도움을 청하게 된 것이다.

"뭐? 그래서 지금 나랑 거길 같이 가자는 거야? 안 가! 내가 그런 델 왜 가? 그놈이 어떤 놈인 줄 알고?"

자기도 모르게 일을 벌여 놓고 뒤늦게 같이 가자는 보담의 말에 심사가 틀린 재석이 거부했다.

"재석아, 부탁해. 한 번만 같이 가줘."

"너 왜 그래? 공부만 하던 애가. 연예계 그런 데 가서 뭘 하려고 그래? 향금이한테 물들었어?"

"아니야, 나도 몰라. 내가 왜 그러는지."

보담도 자신이 왜 그러는지 알 수 없었다. 하지만 재석과 함께 가야 마음이 놓이고 안심이 될 것만 같았다.

"너희 할아버진 아셔?"

"아직 모르셔."

부라퀴에게까지 숨기고 이런 일을 추진하는 걸 보니 보담이 단단히 제정신이 아니라는 생각이 들었다.

"야! 정신 차려. 내년이면 너 고3이야."

"한 번만 같이 가줘. 아니면 나 혼자 갈 거야."

발끈한 보담이 자릴 박차고 일어나 빵집을 나섰다. 보담을 막아서기에는 이미 늦었다는 생각에 재석은 마지못해 따라 나섰다.

"야야, 알았어. 알았어. 같이 가 줄게. 에이, 정말……."

보담은 그제야 얼굴이 발그레하게 피었다.

"고마워!"

재석은 이 기회에 연예기획사의 안 좋은 점만 후벼 파서 보담의 헛된 꿈을 단념시켜야겠다는 생각을 했다. 우태균이 알려준 주소를 찾아가기 위해 둘은 버스를 탔다. 버스를 타고 가는 내내 재석과 보담은 한 마디도 하지 않았다. 화가 나서 입이 불어 있는 재석을 보며 보담이 말했다.

"재석아, 화내지 마. 그냥 약속했기 때문에 가 보는 거야. 내가 한다고 결정하지 않았잖아."

"야 그런 데 뭐 하러 가? 가 보나 마나지."

"약속만 지키고 나서 하든지 안 하든지 내가 결정할게."

재석은 답답했다. 어쩌다가 보담이까지 갑자기 연예계 열풍에 휩싸였는지 알 수 없었다.

학교에서는 민성의 친구인 향금이가 오디션에 통과했다는

사실이 이미 널리 알려져 있었다. 오디션은 이미 청소년들의 삶에서 빼놓을 수 없는 관심사였기 때문이다.

하루는 문예부실에서 소병조가 다가와 물었다.

"재석아. 뭐 하나 물어봐도 돼?"

"그래."

"소문 들어 보니까 민성이 금안여고 다니는 여자친구가 오디션 나간다며?"

"응 2차까지 붙었어."

"그래? 대단하네."

"뭐가 대단하냐? 오디션 개판이야. 내가 볼 때는……."

"그게 무슨 소리야?"

"내가 오디션 따라가 봤잖아. 향금이 응원하러……."

"그래? 그런데?"

병조는 관심을 보였다. 그걸 보고 재석은 문득 이 녀석이 왜 이런 걸 묻나 싶었다.

"왜? 너도 오디션 나가게?"

"아, 아냐. 오디션에 대해서 글을 좀 쓸까 하고. 재미있는 거 뭐 없을까? 오디션장에 가 봤다면서."

"그렇다면 아는 데까지 말해 줄게."

재석은 향금이와 보담이 이야기를 들려주었다. 오디션에

아이들이 얼마나 열광하는지를 들으며 병조는 눈만 껌벅였다. 마치 맛있는 막대사탕을 야금야금 핥아 먹듯 이야기를 다 들은 뒤 병조는 말했다.

"오디션 열풍이라는 게 별 거 아니구나."

"별 거 아니라니, 뭔 말이야?"

"응 청소년들을 이용해 먹는 거잖아. 아니 어쩌면 인간들의 잘난 척 하려는 속성을 이용해 먹는 거잖아."

"왜?"

"애들이 남한테 자신의 존재를 드러내 보이고 싶어하지 않냐? 날라리들도 그런 거 아니겠어? 이상한 옷을 입고 튀는 행동을 해서 사람들이 쳐다봐 주면 으쓱해지는 거, 한마디로 자신의 정체성이 확립되어 가는 시기에 흔하게 나타나는 현상이라고 생각해."

"그런데?"

"그런데 오디션에 나가 봐. 모든 사람들이 쳐다봐 주고 박수를 쳐 주고 열광해 주니까 마약과 같이 단번에 중독되는 거지."

"연예계가 원래 그렇잖냐?"

"그러니까 연예계 쪽이 아이들의 관심사와 맞아 떨어지는 거라구."

듣고 보니 병조의 해석이 그럴듯했다.

"어른들은 그러한 청소년들을 이용하는 면도 있어. 가뜩이나 우리나라가 공부를 강조하다 보니 그것에 대해 반발하거나 대안을 찾던 아이들에게 멋지면서 화려하고, 남들의 주목도 받고 자존감을 인정받을 수 있는 연예계는 큰 매력일 거야."

병조의 통찰력은 상당했다. 재석은 그 말들조차 이해하기 어려웠다. 문득 자존심 팍 상했다. 주먹 쓰는 일 말고 재석이 사내녀석들에게 자존심이 상해 본 건 처음이었다. 병조 앞에 서면 자신은 순식간에 어린애가 된 것 같았다.

"화려하긴 화려해. 연예계라는 게. 나도 가끔은 그런 걸 보면서 멋지다고 생각하니까."

"야, 병조. 글 같은 거 쓰고 조용히 있는 게 좋지 않냐? 연예계 딴따라가 무슨……. 난 네가 정말 멋있더라. 저번에 백일장에서 상도 받고……. 난 언제쯤 그 정도 쓸지 모르겠다."

병조는 씩 웃었다. 그리고 말했다.

"재석아, 나도 오디션 보는 애들하고 다를 바 없어."

"뭐? 네가 왜?"

"글 쓰는 것도 오디션이나 마찬가지야. 다른 애들보다 내가 글을 더 잘 쓴다고 인정받는다는 기분. 그것 때문에 쓰는 거거든."

"야, 하지만 오디션하고 글 쓰는 거하고 다르잖아. 오디션은 춤추고 노래하고……."

"다를 거 없어. 수단이 다를 뿐이지. 나도 글을 쓸 때 멋지게 써서 아이들이 읽고 감동받게 하려는 생각을 얼마나 많이 하는데. 연습생으로 춤추고 노래하면서 시간 보내는 거나 내가 글을 고치겠다고 몇 번씩 지웠다 다시 쓰는 거하고 다를 바 없지."

"그런 거냐?"

"응. 글쓰기에 관심 있는 아이들끼리는 또 얼마나 백일장이라든가 문학상에 치열한데? 만날 만나던 녀석들끼리 시험장에서 만나기도 해."

"아, 그렇겠구나."

"그럼. 다들 자기네 학교에서 내로라하는 애들이 몰려오는 거지."

"그러면 오디션이건 백일장이건 뭐가 됐든 다 열광해야 되는 거냐?"

"그렇진 않고, 청소년기에 다 적성에 따라 조금씩은 필요하다고 나는 생각해. 특기와 적성을 발현할 수 있으면 좋은 거지, 뭐. 하지만 한군데로 너무 쏠리는 것은 문제가 있지. 글을 쓴다면 나는 연예계 열풍을 좀 꼬집는 쪽으로 쓸까 생각중이야."

재석은 혀를 내둘렀다. 문제의 본질을 파악해서 깊이 있게 진단해 내는 능력이 병조에게 있었다. 정신연령이 자기와는 비교가 되지 않았다. 병조 안에는 능구렁이가 들어가 있는 느낌이었다.

신사동 가로수길에서 버스를 내리자 보담은 인터넷으로 뽑아 온 약도를 보며 골목을 찾아 들어갔다. 반 보 정도 떨어져 뒤따라가던 재석은 수시로 보담의 미모를 남자들이 힐끔거리는 것을 쏘아보며 걸었다. 가로수들이 잔뜩 줄서 있는 길로 접어든 보담은 건물 하나를 찾아냈다. 1층에 유명 브랜드 옷가게가 있는 제법 규모가 있는 건물의 2층으로 보담이 올라가는 것을 뒤따라갔다. 계단 입구에 연예기획사 간판이 엉성하게 붙어 있었다. 문을 두드린 뒤 조심스럽게 열자 안에서 사무 보는 직원들이 쳐다봤다.

"어떻게 오셨죠?"

"우태균 대표님 뵈러 왔는데요."

파티션들이 이어진 미로 같은 사무실로 보담이 들어섰고, 재석이 그 뒤를 따랐다. 대표실 문을 두들기자 유리로 만들어진 칸막이 안에서 우태균이 커다란 책상 앞에 앉아 업무를 보다 일어섰다.

"어, 보담 양. 어서 와요."

"안녕하세요?"

보담이 얌전하게 인사했다.

"잘 왔어. 오늘 우리 사무실 구경하기로 했지? 어, 이 친구는?"

"제 친구에요. 재석이라고."

"응 어서 와. 앉아. 커피 한잔 할까? 김대리, 여기 커피 두 잔."

물어보지도 않고 커피 두 잔을 일방적으로 시키는 태도에 재석은 고까운 마음이 들었다. 하지만 내색하지 않으며 감정을 억누르느라 두 주먹을 불끈 쥐어야만 했다.

"우리 기획사가 보다시피 이렇게 쪼그매. 하지만 뭐 사무실에서 일하는 건 아니니까. 자 우리 현황표를 보여 줄게."

우태균은 빔 프로젝터를 켜더니 간단하게 자기네 회사의 개요를 보여 주었다.

"우리 소속 연예인은 이런 사람들이 있어."

연예인들 얼굴이 하나하나 넘어갔지만 겨우 한두 명 정도 영화나 드라마에서 본 듯했다.

"아직 이렇다 하게 유명한 사람은 없지만, 우리가 키우고 있는 아이들이 많이 있기 때문에 곧 대박을 터뜨릴 거야."

"연습생들은 어디 있어요?"

"이따 지하에 가서 보여 줄게. 지금 연습들 하고 있을 거야."

커피를 마시며 이것저것 잡다한 이야기를 나눈 우태균은 앞장서서 일어났다.

"자, 우리 사무실은 봤으니까 됐고, 이제 지하 연습실로 한번 내려가 볼까?"

계단으로 내려가면서도 재석은 우태균의 일거수일투족이 영 마음에 들지 않았다. 지하에 내려가 문을 열자 벽면 한쪽이 거울로 꽉 차 있고 마룻바닥을 깔아 놓은 연습실이었다. 시끄러운 음악이 울려 퍼지는 그 안에서 키 크고 늘씬하며 잘생긴 남자아이들과 굴곡진 몸매를 가진 여자아이들이 춤 연습을 하고 있었다. 땀 냄새가 물씬 배어나왔다.

"자 우리 연습생들이야. 이렇게 연습들을 열심히 하고 있지?"

보담이는 감격한 표정이었다. 텔레비전에서나 보던 연습실에 와서 강렬한 비트와 함께 춤추는 장면을 보니 피가 끓어오르는 느낌이었다.

"자자, 얘들아. 잠깐. 손님이 왔다. 이쪽은 김보담 양. 우리 회사에 들어올 사람이야."

"안녕하세요?"

연습생들은 활기차게 인사를 했다. 키는 모두 재석이만치 큰데 몸무게는 반 정도밖에 안 나갈 정도로 늘씬한 몸매들이었다. 얼핏 보면 계집애들처럼 가는 몸피들이었지만 몸의 구석구석에는 활력 있는 근육들이 붙어 있었다. 여자아이들은 탱크탑을 입고 짧은 바지나 몸에 달라붙는 트레이닝복 차림이어서 눈길을 주기가 쉽지 않았다. 땀에 젖은 머리를 흩날리는 것을 보자 자신도 모르게 재석이는 숨이 막히려 했다.

"우리 보담 씨 예쁘게 생겼지? 가수를 할지 탤런트를 할지 모르겠는데 나는 영화배우를 시키면 좋을 거 같아."

"와, 환영합니다."

그런 식으로 손님들이 많이 왔었는지 박수를 치며 그들은 반겨 주었다. 보담이 발그레한 얼굴로 고개를 숙였다.

"이렇게 고생하면서 연습하는 이유는 꿈과 희망이 있기 때문이야. 언젠가는 정상에 서고 말겠다는 의지지."

벽면의 거울 위에는 액자가 붙어 있었다.

인내는 쓰다. 그러나 그 열매는 달다!

교과서에나 나옴직한 격언이 이곳 연습실에 걸리니 생뚱맞았다.

"저건 뭐냐면 우리의 모토야. 고통 없이는 얻는 게 없다. 끊임없는 연습과 노력 끝에 열매와 결실을 얻는 거야. 지금 가수가 되고 아이돌이 된 아이들은 전부 다 이러한 꿈과 희망을 가진 아이들이지. 자 다시 사무실로 갈까?"

사무실로 올라오면서 우태균은 가볍게 보담이의 어깨에 손을 얹었다. 자신도 모르게 재석은 달려가 그 손을 잡아 슥 아래로 내렸다.

"보담이한테 손 대지 마세요."

깜짝 놀란 우태균이 호들갑을 떨었다.

"어이쿠, 이 친구 무섭네. 자네는 보담 양하고 무슨 관계지? 애인인가?"

"아니에요. 애인은 무슨."

보담이 귀까지 빨개지며 황급히 부인했다.

"하하하하!"

성질 같아선 비열하게 웃는 얼굴에 주먹을 꽂아 주고 싶었지만 재석은 주먹을 부르르 떨며 참았다. 다시 대표실에 온 그는 구체적인 이야기를 꺼냈다.

"자 보니까 어때? 우리 연습실에 들어오는 게 어떻겠어?"

"생각 좀 해 볼게요."

"학교 끝나면 와서 연습하면 돼. 처음부터 강도 높게 할 필요는 없고, 공부하면서 머리 식힐 겸 와서 이곳에서 연습한다고 생각해. 연기지도라든가 보컬지도는 나중에 내가 따로 좋은 선생 붙여 줄 테니까."

"네, 생각해 보고 연락 드릴게요."

보담은 신중했다. 기획사를 나와 버스정류장을 향해 걸으며 재석은 물었다.

"너 정말 여기 와서 하려고 그러는 거야?"

"생각해 본다고 그랬잖아."

"야, 정신 차려!"

"정신은 내 거 거든? 네가 이래라저래라 하지 마!"

보담은 더 이상 입을 열지 않았다.

재석은 눈앞에서 벌어진 이 사태가 도저히 믿기지 않아 허공을 바라다보았다. 현란한 네온조명과 건물이 내쏘는 빛 때문에 하늘의 별도 제대로 보이지 않는 밤이었다.

불어오는 미친 바람

보담은 주먹이나 쓰는 나에게 꿈을 갖게 했다.
그때부터 나는 내 삶을 가다듬었다.
보담에게 당당한 내가 되고 싶었다.
샛길로 빠졌다 돌아온 나의 모습을 보여 주고 싶었다.
어느 날 나의 길을 가던 나는 보담에게 당당하게 내 모습을 보여 주었다.
그러나 그때……
보담은 샛길을 걷고 있었다.

　야간 자율학습이 끝나도 재석은 과외공부를 해야 했다. 수학과 영어 실력이 너무 없었기 때문이다. 수학과 영어는 기초가 없어서 단기일 내 성적향상을 이루기 어려웠다. 엄마는 그런 재석에게 과외를 하라고 했다. 야자가 끝난 뒤에는 과외선생의 집으로 가서 별도의 공부를 했다. 짧은 기간 안에 높은 실력을 쌓지는 못하더라도 어느 정도 점수는 얻어야 부족한 걸 암기과목들을 통해 만회할 수 있다는 생각이었다. 독서량이 절대적으로 필요한 국어 같은 과목은 아무리 과외를 해도 성적이 오르지 않기 때문에 이미 늦었다고 거의 포기한 상태였다. 야간 자율학습을 마친 뒤 과외선생의 집을 향해 어둠 속에서 학교를 벗어날 때 교문 앞에 서 있던 중년의 신사가 다가왔다.

"재석 학생!"

"누구세요?"

가까이 다가가서 얼굴을 확인하니 그는 보담이네 운전기사였다.

"회장님께서 보자셔."

"예? 할아버지가요?"

저만치 비상등을 켜고 서 있는 부라퀴의 고급 승용차가 눈에 띄었다.

"응, 이리로 와."

조수석 문을 열고 타자 뒤에 앉아 있던 부라퀴가 힘없는 목소리로 말했다.

"재석이, 오랜만이다."

"할아버지, 안녕하셨어요?"

"그래 공부는 잘 되느냐?"

뇌졸중이 온 뒤로 부라퀴는 바깥외출을 잘 하지 않았다. 건강을 위해 집과 병원만 왔다 갔다 했는데 이렇게 학교 앞까지 찾아올 줄은 꿈에도 생각하지 못했다.

"어쩐 일로 여기까지 오셨어요?"

"너한테 좀 물어볼 게 있어서 왔다. 김기사!"

"네."

자동차는 소리 없이 미끄러져 나갔다. 야자가 끝난 아이들 몇이 재석이 고급스런 차를 타고 사라지는 것을 입을 벌린 채 바라보고만 있었다. 차 안에서 재석은 과외선생에게 급한 일이 생겼다고 문자를 보냈다.

자동차는 강남의 한적한 주택가에 있는 고급 레스토랑 앞에 멈췄다. 부라퀴는 기사가 트렁크에서 꺼낸 휠체어에 옮겨 타고 안으로 들어갔다. 조용한 룸으로 들어가 앉자 부라퀴는 마비가 완전히 풀리지 않아 떨리는 손으로 힘겹게 주스잔을 들어 조금 마신 뒤 입을 열었다.

"공부는 열심히 하니?"

"네, 열심히 하고는 있는데 기초가 부족해서 걱정이에요."

"그래 모든 것은 때가 있지. 때를 놓치면 뒤늦게 따라잡기가 힘든 법이야. 그래도 아주 안 하는 것보단 낫단다."

"네, 그렇다고 생각해요."

메뉴판을 보고 주문한 음식이 나오자 부라퀴는 열심히 먹는 재석을 바라보았다. 재석은 어른들이 시켜 준 음식은 맛있게 먹는 것이 예의임을 알고 양껏 먹었다. 그러면서도 왜 부라퀴가 자신을 보자고 했는지 감이 잘 잡히지 않았다. 어느 정도 배가 부르자 부라퀴는 재석에게 본론을 꺼냈다.

"요즘 보담이하고 연락하고 지내냐?"

"네. 그런데 좀 바빠서요. 자주는 못하고 일주일에 한두 번 문자나 통화해요."

연예기획사 문제로 보담이 발끈한 뒤로 재석은 당분간 보담의 일에 나서지 않기로 결심하고 있었다.

"왜 보담이 무슨 문제라도 있나요?"

"아냐, 잘 있어. 그런데 말이다, 요즘 보담이 좀 이상하다. 내 느낌인데 뭔가 이상해. 얼마 전에는 엉뚱하게 오디션에 나간다 그러더니 떨어져서 다행이라고 생각했는데 아무래도 그 영향이 좀 있는 것 같다. 실패는 빨리 맛볼수록 좋다는 생각이었는데, 걔가 항상 1등만 하고 남하고 겨뤄서 져 본 적이 없던 애인지라 이번에 충격이 크지 않나 싶다."

"그럴 수도 있어요. 남자애들도 주먹 자랑하다가 더 센 놈 만나서 한 번 꺾이면 충격이 꽤 크거든요."

"그래서인지 요즘 보담이 공부도 좀 소홀히 하는 것 같고, 뭐가 문젠지 알 수가 없구나."

부라퀴가 원하는 것이 무엇인지 재석은 알았다. 자기관리가 잘되는 보담이 요즘 오디션 열풍을 맛보고 약간의 슬럼프에 빠진 것이었다.

"요즘 과외나 학원을 핑계를 만들어서 빼먹고 안 가는 것 같아."

"네?"

보담이 학원을 안 간다는 것은 놀라운 이야기였다.

"그, 그럼 집에 일찍 오는 게 아니구요?"

"응. 어디 들렀다 오는 것 같은데 워낙 독립적인 애라 꼬치꼬치 캐묻기도 그렇고……. 사람 시켜서 알아볼 순 있는데 잘못하다가는 부작용도 날 것 같고 말이다. 그래서 네가 아무래도 친구니까 너에게 부탁을 좀 할까 하는데."

"글쎄요, 짚이는 데가 있긴 한데……."

보담이 연예기획사까지 갔었다는 이야기를 차마 꺼낼 수는 없었다. 보담이 비밀로 해 달라고 단단히 부탁했기 때문이다. 하지만 부라퀴가 손녀딸의 신상에 대해 알아봐 달라고 부탁을 하니 이러지도 저러지도 못할 상황이 되었다.

"네가 한번 알아보고 나에게 연락을 좀 다오."

"예, 할아버지. 요즘 보담이 뭘 하는지 알아볼게요. 걱정하지 마세요."

그렇게 해서 부라퀴는 재석에게 미션 아닌 미션을 남기고 돌아갔다.

  다음 날 재석은 야간 자율학습을 빼먹고 금안여고 앞으로 가서 기다렸다. 보담이 나오다 알아볼지 몰라 사복으로 갈아입고 으슥한 골목에 숨어 보담이의 행방을 뒤쫓기로 한 것이다. 예상은 기획사 쪽이었다. 하지만 눈으로 확인하지 않은 이상 함부로 속단할 수는 없었다. 이윽고 방과 후 야간 자율학습을 하지 않는 아이들은 교실을 빠져나왔다. 삼삼오오 이야기를 나누며 나오는 아이들 사이에서 재석은 보담을 발견했다. 보담은 교문 앞까지 와서 아이들과 인사를 나누더니 택시를 잡아타는 것이었다.

  "아니, 이런."

  뒤를 돌아보니 영화에서나 있는 일처럼 정말 또 다른 빈 택시가 하나 오는 것이었다. 택시요금이 충분히 있을까 걱정되었지만 일단 차를 잡아탔다.

  "아저씨, 저 앞에 있는 택시 좀 따라가 주세요."

  "그래."

  기사는 가면서 객쩍은 소리를 했다.

  "여학생 쫓아다니는 건가? 나도 젊을 때……."

  "아 그런 게 아니구요. 일단 그냥 가 주세요."

재석은 머릿속으로 기획사까지의 노정을 그려 보았다. 그런데 한 치의 어긋남 없이 택시는 예상한 길을 따라 기획사 앞에 가서 멈추는 거였다. 교복을 입은 채 가방을 맨 보담이의 모습은 가로수길의 화려한 쇼윈도와는 어울리지 않았지만 역으로 독특하게 튀는 묘한 느낌이 있었다. 스스럼없이 보담은 기획사 안으로 들어갔다. 뒤따라 택시에서 내린 재석은 비상금을 꺼내 택시비를 간신히 계산한 뒤 보담의 뒤를 따라갔다. 건물 입구에서 망설이던 재석은 이대로 부라퀴에게 보담이 연예기획사에 드나든다는 사실을 알려야 되나 말아야 되나 고민을 했다. 보담이 비밀로 해 달라고 했으나 그것은 한 번 왔던 것을 비밀로 해 달라는 이야기였다. 이렇게 꾸준히 자주 오는 줄은 몰랐다. 연습생이 된 건지 무슨 일을 이곳에 와서 비밀리에 하는지 알 수가 없었다. 재석은 순간 배신감이 들었다.

잠시 뒤 재석은 결심을 했다. 일단 보담과 이야기를 나누는 게 먼저라는 생각이 들었던 것이다. 계단 위로 올라가 사무실 안을 들여다보았지만 보담은 보이지 않았다. 그렇다면 지하였다. 지하실로 내려가 연습실 문을 살짝 열고 들여다보자 예전처럼 요란하게 연습생들이 춤 연습을 하고 있었다. 어느새 연습복으로 갈아입은 보담이 한쪽 구석에서 거울을 바라보며 스트레칭을 하고 있는 것이 보였다. 머리를 뒤로 질끈 묶고 트레이닝복 차림인 보담은 허리와 등을 펴면서 몸을 풀고 있었다. 그때 비쩍 마른 연습생 하나가 보담에게 다가갔다.

"스트레칭을 할 때는 말이야, 최대한 마음을 편히 하고 충분히 해 줘야 돼. 천천히, 반동을 주지 말고 동작을 하면서 호흡을 멈추지 말아야 하는 거야. 숨을 멈추면 긴장하게 되고, 혈압이 올라가거든."

목, 팔, 다리, 허리, 팔목, 발목, 온몸풀기 순으로 시행해야 하는 스트레칭에서 보담이 허리를 푸는 것을 보니 이제 막 시작한 것 같았다. 연습생은 보담의 허리와 어깨를 잡아 주면서 몸에 손을 댔다. 전에 왔을 때 본 연습생 중 하나인 것 같았다. 보담의 몸에 손이 닿는 것을 보자 재석의 눈에서는 불꽃이 튀었다. 하지만 지금 당장 쳐들어가 다짜고짜 보담을 끌고 나올 수도 없는 노릇이었다. 잠시 후, 스트레칭이 끝났는지 보담은 음악에 맞추어 춤을 추기 시작했다. 아직 기초단계여서 그런지 보담은 따로 거울을 보면서 쉬운 동작을 반복하며 연습하고 있었다. 옆에 있는 전문 댄서들과는 수준이 크게 차이가 났다. 공부해도 모자랄 시간에 이곳에 와서 보담이 뭘 하는 것인가 싶은 생각에 재석은 어이가 없었다.

'나는 공부하게 만들더니 지는 여기 와서 이런 연습을 하고

있네.'

그때였다.

"어이, 거기 누구야?"

누군가 등 뒤에서 무게감 있게 외치는 것이었다. 고개를 돌려보니 우태균이 입구에 떡 버티고 서 있었다.

"아, 안녕하세요?"

얼떨결에 인사가 나갔다.

"누구지? 아아아! 보담이 보디가드."

빨리 알아봐 준 건 고마웠지만 보디가드라는 말은 재석의 기분을 제법 상하게 만들었다. 의도적으로 자신을 무시하는 태도였기 때문이다. 하지만 여기서 물러날 수는 없었다.

"지금 보담이 저 안에서 뭘 하는 거죠?"

"아, 보담이. 모르나? 우리 연습생으로 들어와 있는데?"

금시초문이었다.

"여, 연습생이요?"

"그럼. 여기서 기초 훈련을 쌓고 춤과 노래를 익힌 다음에 영화나 뮤지컬 쪽으로 나갈 거야. 몰랐어?"

경멸하는 표정으로 우태균은 웃으며 계단을 내려왔다. 자칭 친구라면서 보담이 무슨 일을 하고 다니는지 몰랐던 재석은 할 말이 없었다.

"그렇게 밖에서 얌생이처럼 구경하지 말고 들어와."

우태균은 문을 열고 들어가며 말했다.

"보담아, 친구가 왔어."

뒤돌아보던 재석과 보담의 눈이 마주쳤다. 이왕 이렇게 된 거 재석은 안으로 따라 들어갔다.

"보담아, 너 여기서 이러면 어떡해? 학원이랑……."

보담은 눈을 동그랗게 뜨고 물었다.

"어머 어쩐 일이야? 내가 여기 있는 건 어떻게 알았어?"

"빨리 옷 갈아입어. 집에 가자. 할아버지가 기다리셔."

다짜고짜 재석은 보담의 손목을 잡았다. 그 곁에 붙어 얼쩡거리고 있던 기생오라비처럼 생긴 연습생 녀석이 보기 싫었던 것이다.

"아, 이봐! 너 누군데 이래?"

재수 없는 말라깽이 연습생이 다가왔다.

"비켜! 보담아, 빨리 가자."

"나 안 간다고!"

보담이 재석의 손아귀에 잡힌 손목을 뿌리치며 소리쳤다.

"워워워! 잠깐잠깐! 이 친구 혈기가 왕성하구만. 보디가드하다가 짤렸나, 왜 이래? 잠깐만 일루 와 봐."

우태균이 끼어들었다.

"보담이는 분명히 자기 뜻을 가지고 여기 온 거야. 공부는 공부대로 하고 남는 시간에 연습을 해서 쇼 엔터테인먼트의 길을 가겠다는데 자네가 뭔데 나서나? 오빠야? 자네가 가족이라도 돼?"

"그건 아니지만……."

"자네 그냥 친구잖아? 그리고 내가 딱 보니까 자네는 보담이하고 안 어울려. 보아하니 옛날에 침 좀 뱉었나 본데 보담이 같은 공주하고는…… 미녀와 야수도 아니고……."

인격모독에 가까운 말이었다. 과거의 재석이었다면 앞뒤 볼 것 없이 주먹을 날렸을 것이다. 하지만 보담도 있고 남의 연습실 와서 함부로 난장판을 만들 수도 없었다. 십여 명의 연습생들이 모두 쳐다보고 있었다.

"보담아, 얘기 좀 해."

"싫어. 난 연습하러 왔어. 무슨 얘길해?"

"할아버지가 너 이러는 거 모르시잖아. 허락도 안 받고 와서 이러면 안 되지. 공부도 해야 되잖아."

"내가 공부를 하든 말든 네가 무슨 상관이야? 내가 좋다는데."

그 말을 듣고 회심의 미소를 지으며 우태균이 다시 나섰다.

"이봐, 여기 딴 사람들 연습 방해하지 말고 사무실로 가자고. 보담이 너도 올라와."

"저도 갈까요?"

옆에 있던 말라깽이가 끼어들려는 것을 보고는 우태균이 말했다.

"영준이, 너는 여기 있어. 우리끼리 얘기할 테니까."

녀석의 이름은 영준이었다. 재석은 우태균의 뒤를 따라 사무실로 올라와 자리를 잡았다. 잠시 후 보담이 땀을 닦고 올라와 저만치 앉았다.

"두 사람의 관계가 뭐야? 애인이야, 친구야?"

우태균의 질문에 보담이 발끈했다.

"친구예요. 그냥 우리 할아버지하고 얘네 할아버지하고 옛날에 친구여서 알게 된 사이예요."

그렇게 사무적으로 이야기하자 정말 아무것도 아닌 관계 같았다. 재석은 그 말을 듣는 순간 부쩍 마음이 상했지만 참았다.

"야, 나 어저께 너희 할아버지 만났어."

"뭐? 우리 할아버지를?"

"그래, 네가 말도 안 하고 요즘 어디 이상한 데 가는 것 같다고 나한테 뭐 하냐고 물어보시길래 내가 짚이는 데가 있어 왔더니 어떻게 딱 여기 네가 와 있어?"

미행했다는 말은 차마 하지 못하는 재석이었다.

"공부는 내가 한다 그랬지? 나는 공부도 다 하면서 이거 하는 거야."

말도 안 되는 소리였다. 대한민국에서 입시를 준비하는 고등학생이 공부와 취미생활을 겸해서 한다는 건 거의 불가능함을 재석도 잘 알았다.

"보담아, 공부하면서 이걸 어떻게 해? 한쪽에 올인해도 힘들다며? 네가 그랬잖아, 나한테."

"그건 네 얘기고……."

재석은 답답해 미칠 것만 같았다. 한 번 이쪽으로 눈이 돌아가자 보담이 완전히 딴 아이가 된 것 같았기 때문이다. 집중력이 강한 아이들은 이런가 싶기도 했다.

"나 그리고 조금 지나면 할아버지하고 아빠한테도 말할 거야. 이쪽으로 노력해서 뮤지컬이라든가 연극 같은 걸 해 가지고 세계무대로 나갈 거야."

하는 말마다 어이가 없어서 재석은 대꾸할 가치도 못 느꼈다. 더 이상 대화가 되지 않았다. 그 짧은 기간에 보담은 연예계에 푹 빠져 버렸다. 이는 마치 사랑하는 여인의 집에 가서 결혼하겠다고 떼를 써서 그 부모가 자기 딸의 의사를 물었을 때 철석같이 믿었던 딸이 그 남자 싫다고 하는 것과도 같은 형국이었다. 자기 편이라고 생각하고 보담을 데리러 왔는데 보담은 이미 우태균을 따르고 있었다. 배신감으로 재석의 마음에는 깊은 생채기가 생겼다.

"이봐, 학생. 남의 공부 걱정하지 말고 자네 공부나 해. 자 이제 돌아가도록 해. 그리고 보담이 할아버지한테 직접 얘기한다잖아. 보담이 문제는 보담이 해결하도록 하라고. 알았어?"

"보담아, 정말 안 갈 거야?"

마지막으로 재석이 물었다.

"나 안 가. 내 일에 참견 좀 하지 마."

그 말은 날카로운 송곳처럼 재석의 가슴을 후벼 팠다. 자기가 마음을 잡고 꿈과 희망을 향해 나아가고 노력하게 된 것도 보담이 때문이었는데 이제 정작 그 원인제공자인 보담은 엉뚱한 길을 헤매고 있는 것이 아닌가. 아이러니컬했다. 실연의 아픔보다도 더한 좌절감과 배신감에 자리를 박차고 나선 재석은 어떻게 건물 바깥으로 나왔는지 알 수가 없었다.

화려한 도시에 조명이 켜지고 수많은 사람들이 오고가는 가로수길을 걸으며 재석은 깊은 좌절감에 빠져들었다. 길가의 벤치에 털퍼덕 주저앉은 채 재석은 왜 자신이 보담을 만나서 이런 고통을 받아야 되는지 알 수 없었다. 습관처럼 수첩을 꺼냈다. 문예부에서 김태호가 얼마 전에 알려준 문학기법이 메모되어 있었다.

아이러니 : 모파상의 소설에 나오는 예상되는 것과 실제로 일어나는 것이 일치하지 않는 현상(극적 아이러니)

김태호는 아이러니를 가르칠 때 이렇게 말했다.

"모파상의 《목걸이》라는 작품을 보면 주인공은 자기가 무척 가난해서 불행하다고 생각하는 여자이다. 그런데 어느 날 남편이 구해 온 파티 입장권으로 오랜만에 파티에 가게 되지. 예쁜 새 옷을 입고 친구에게 비싼 목걸이를 빌려서 화려하게 꾸미고 간다. 파티에서 신나게 즐기고 왔는데 그만 목걸이를 잃어버리고 말지. 하지만 비슷한 목걸이를 보석상에 가서 산 뒤 친구에게 아무 말도 하지 않고 돌려줬어."

병조를 포함한 문예부 아이들은 이미 아는 이야기라는 듯 고개를 끄덕이며 이야기를 들었다. 하지만 책을 읽은 적 없는 재석은 김태호의 말에 귀를 기울였다.

"그 빚을 갚기 위해 무려 10년이나 그 허영심 많은 여자는 고생을 했다. 입을 것 먹을 것 아껴 가며 비참하게 산 거다. 그러던 어느 날 목걸이를 빌려 준 친구를 길에서 만나지.

목걸이 주인인 친구는 그녀에게 왜 그렇게 폭삭 늙었냐고 묻는다. 그러자 이 여인은 사실대로 그 목걸이 빚을 이제 다 갚았다고 홀가분하게 말한다. 하지만 그때 친구가 뭐라고 말했냐?"

문예부 아이들은 중구난방으로 말했다. 한 녀석이 정답을 말했다.

"가짜 목걸이였다고요."

그 순간 재석은 충격을 받았다. 허무한 반전으로 이야기가 마무리되었기 때문이다.

"그렇지. 원래대로라면 어머 그랬니, 이러고 말아야 하는데 전혀 생각지도 못하게 가짜였다는 사실이 밝혀졌어. 이런 걸 아이러니라고 하지. 우리 인생도 자세히 살펴보면 그런 상황이 많아. 애써서 멋진 지갑을 장만했는데 그걸 사느라 돈을 다 써서 돈이 없다거나, 푹신한 침대인 줄 알고 몸을 던졌는데 돌침대였다든가……."

김태호의 설명을 흥미롭게 귀담아 듣던 재석은 얼른 수첩을 꺼내 아이러니에 대해 메모해 두었다.

망연자실한 채 가로수길 벤치에 앉아 수첩에 적혀 있는 '아이러니'라는 글자를 한참 쳐다보던 재석은 볼펜을 꺼내 몇 글자 적어 내려가기 시작했다.

보담은 주먹이나 쓰는 나에게 꿈을 갖게 했다.

그때부터 나는 내 삶을 가다듬었다.

보담에게 당당한 내가 되고 싶었다.

샛길로 빠졌다 돌아온 나의 모습을 보여 주고 싶었다.

어느 날 나의 길을 가던 나는 보담에게 당당하게 내 모습을 보여 주었다.

그러나 그때……

보담은 샛길을 걷고 있었다.

메모를 하면서 한참 동안 터질 것 같은 가슴을 억누르고 있던 재석은 문득 민성이 생각났다. 이럴 때 누구에게라도 털어놓고 말을 해야 할 것 같았다. 민성은 학교에서 야자를 하고 있을 게 분명했다. 전화를 걸자 민성이 금방 받았다.

"재석아, 너 어디야? 너 오늘 야자 안 하지?"

"응. 나 밖에 나왔어."

"나도 지금 공부하기 싫어서 땡땡이 치고 나와서 여기 학교 앞에서 떡볶이 먹고 있어. 근데 왜?"

"좀 있다 보자."

"아 그럼 빨리 와. 떡볶이집에 있을게."

떡볶이집은 학교에서 좀 거리가 있는 곳이었다. 그래서 학교 선생님들의 눈에 띄지도 않아 재석과 민성의 아지트였다. 버스를 타고 도착해 보니 민성은 떡볶이를 그새 다 먹었는지 앉아서 스포츠 신문을 들여다보고 있었다. 놀랍게도 곁에는 병조까지 자리 잡고 있었다.

"어쩐 일이냐?"

"야, 향금이가 말이야, 자기 3차 오디션 나가야 된다고 나 보러 응원해 달라 그래서 귀찮아 죽겠다. 응원부대, 박수부대 만들어 오라는데 누굴 데리고 가냐?"

"야, 그거 말고, 병조 너 왜 민성이랑 여기 있냐고?"

"응. 그냥. 민성이한테 이야기 좀 들으려고. 향금이 오디션……."

병조의 입에서 오디션 이야기가 나오자 눈에서 불꽃이 튀는 것 같았다.

"그 오디션 얘기 좀 그만해! 딴따라 날라리들 이야기."

재석이 흥분하자 민성은 순간 당황했다.

"야, 너 왜 그래? 향금이가 잘되는 게 싫어?"

"그런 게 아니고, 내가 지금 그것 땜에 돌아 버리겠어."

"그나저나 향금이 말야, 지금 3차 오디션 올라가니까 연예 기획사 이런 놈들이 얼마나 꼬이는지 알아?"

"야, 기획사의 '기'자도 얘기하지 말라니까."

재석이가 몸과 마음이 단단히 상한 것을 알고 다시금 민성이 눈치를 살피며 물었다.

"왜 그러는데?"

"휴, 보담이 큰일났다."

자초지종을 이야기하자 민성의 눈이 점점 커졌다.

"천하의 얼짱 보담이 연예계에 빠졌단 말야?"

"몰라. 빠진 건지, 그냥 취미 삼아 하는 건지…… 뮤지컬 스타가 되겠다는데 부라퀴가 걱정할 정도야."

"야, 우리가 나설 문제는 아닌 것 같다. 부라퀴 부탁도 있고 하니 이 상황을 그대로 말씀 드리고 넌 그만 빠져."

"가만 생각해 보면 이게 다 향금이 때문이야. 향금이가 오디션에 나가는 바람에……"

"왜 향금이 때문이냐, 임마. 보담이는 공부 잘하고 집안배경도 좋지만 향금이는 공부도 그저 그렇고 집안형편도 아주 넉넉하진 않으니까 자기 능력껏 재능을 키우겠다는 건데, 왜 멀쩡한 향금이를 걸고 넘어져?"

그말은 재석의 울화에 기름을 부은 격이었다.

"너 말 잘한다. 자식아!"

재석이 자리를 박차고 일어나자 병조가 끼어들었다.

"야야, 이러지 마. 남자가 여자 문제 가지고 싸우는 게 제일

치사한 거야."

병조는 일촉즉발을 막아보려 했다.

"보담이 그쪽으로 가겠다는 의지가 있고 그게 보담이 운명이라면 어쩔 수 없는 거 아니겠냐? 그냥 지켜볼 수밖에. 야, 우리가 스톤에 있으면서 방방 뜰 때 아무것도 눈에 안 들어왔잖냐? 그런 거 하고 똑같아. 스톤 나오고 나니까 어때?"

재석에게 따지고 드는 민성이가 어른 같았다.

"나오고 나니까 그때가 유치하잖냐? 연예계도 그런 거라고 나는 생각해. 잠시 그거에 미쳤다가 어느 순간 또 제 정신이 돌아오면 제자리로 돌아올 거야. 보담이 똑똑하잖냐. 부라퀴한테 얘기하고 넌 털어 버려, 임마. 공부하겠다는 놈이 공부도 안 하고 이게 뭐냐?"

민성의 말이 구구절절 옳았다. 빵빵하던 풍선에서 바람이 빠지는 느낌이었다.

"야, 공부는 너나 해라, 임마. 너도 지금 떡볶이 먹으면서 땡땡이나 치는 주제에."

"그래 떡볶이나 먹자."

병조가 서둘러 분위기를 정리했다. 안 그랬으면 민성에게 감정을 더 드러낼 뻔한 재석이었다. 그날의 사건은 재석의 수첩에 이렇게 몇 줄로 남았다.

민성과 싸울 뻔했다.

이것도 아이러니인가.

이 세상엔 뭐든 아이러니 아닌 게 없는 것 같다.

며칠 뒤 재석은 부라퀴에게 전화를 했다.

"할아버지, 저 보담이에 대해서 알아봤는데요."

"그래 어떻게 됐냐?"

부라퀴는 기다리고 있었다는 듯 반갑게 전화를 받았다.

"보담이 어딜 다니는 게 맞아요."

"그렇지? 어딘가 지금 다니고 있지? 어디 학원이냐? 옛날에 보담이 집에서 하도 하지 말라 그랬더니 몰래 요리학원을 한 두 달 다닌 적이 있었어. 얘는 뭐에 빠지면 그거에 미치거든. 그래, 이번엔 뭐 하고 다니던?"

"할아버지 아시겠지만 오디션 나간 뒤에요, 보담이 그쪽으로 꽂혔어요."

"꽂히다니?"

"아, 그쪽에 빠졌다구요. 그래서 지금 연예기획사에 연습생으로 다니는데요."

"연습생? 그게 뭐 하는 거냐?"

"가수가 되기 전에 춤하고 노래하고 이런 걸 익혀 가지고

실력이 쌓이면 음반도 내고 그러는 건데요. 갈 길이 멀거든
요. 그리고 보담이 같은 애들이 할 게 아닌데…….”

“연습생? 음 알았다. 그 기획사 이름은…… 아니다. 내가 직
접 물어보마. 고맙다. 재석아.”

“할아버지 저한테 들었다고 하지 마세요.”

“알았다. 잘 지내고 공부 열심히 하거라.”

전화를 끊고 나니 찝찝했다. 어쩌다 중간에 껴서 이런 입장
이 되어야 하나 싶었기 때문이다.

토요일 아침 민성에게서 전화가 왔다.

“재석아, 좀 빨리 와 줘.”

“어딘데? 아, 나 공부해야 돼.”

학원 숙제가 밀려 있어 독서실에 가서 공부하려던 재석이
었다.

“야, 큰일이야. 향금이 땜에…….”

“왜? 향금이가…….”

“빨리 와 봐. 지금 향금이 울고불고 난리야.”

재석의 가슴이 쿵 내려앉았다.

“왜?”

“향금이 오디션 떨어졌어!”

향금이 마침내 3차 오디션에서 떨어진 거였다. 남의 일인데도 재석의 가슴이 철렁했다.

"그래, 어제 떨어졌어. 그래 가지고 울고불고 지금 죽겠다고 난리도 아니다. 야, 좀 빨리 와."

이건 또 웬 날벼락인가 싶었다. 허둥지둥 달려가 본 분식집에는 토요일 오전인데도 사람들이 제법 붐비고 있었다. 한쪽 구석에 앉은 향금이는 수건으로 얼굴을 가리고 눈물을 닦는 중이었다. 퉁퉁 부은 얼굴만 봐도 오디션 탈락의 충격이 어느 정도인지 충분히 가늠케 했다.

"아슬아슬하게 떨어졌대."

"패자부활전은 없냐?"

"패자부활전에서도 떨어진 거야."

"으흐흐흐흑! 억울해!"

향금이는 다시 또 대성통곡을 했다.

"향금아, 울지 마. 또 다른 오디션 가면 되잖아. 떨어질 수도 있는 게 오디션이지, 어떻게 다 붙겠니?"

민성이 위로했지만 지켜보는 재석도 마음이 착잡했다. 경쟁이 저렇게 심한 곳에 보담이 나서려는 것을 생각하니 인당수에 몸을 던지는 심청을 보는 것 같았기 때문이다. 재석은 잠깐 민성을 밖으로 데리고 나와 자초지종을 들었다.

"야, 어떻게 된 거야?"

"지금 가만 보니까 여자애들끼리 질투가 심해. 보담이한테 만날 밀리면서 마치 보담이 춘향이고 지가 향단이 같았었는데 이번에 오디션 땜에 처지가 완전히 바뀌었다고 생각했나 봐. 그래서 더 미쳐서 열심히 한 거였는데 떨어졌잖아. 3차부턴 정말 어려운 모양이야. 프로급들만 통과하나 봐."

"그래서?"

"보담이 연예기획사 다니는데 걔는 별 볼 일 없다고 내가 얘기했더니 그거 가지고 지금 또 향금이가 난리야. 자기도 기획사 가겠대. 보담이 있는 데로……. 그래서 내가 그거 돈 든다 그랬지. 그랬더니 저렇게 지금 아빠 졸라 집 팔아서라도 기획사 가겠다고 그러잖아. 쟤가 제정신이 아니야."

"정말 여자들 왜 이러냐? 도대체 오디션이 뭐길래 이래?"

"아, 큰일이야. 지금 향금이 맘잡아 가지고 공부시켜야 되는데. 공부도 지금 몇 달째 안 했잖아. 중간고사 성적도 엉망이래. 오디션을 계속 가야 되나 말아야 하나, 쟤네 아빠 엄마가 그만하라 그랬대."

"아 이럴 수도 없고, 저럴 수도 없고……. 그놈의 오디션 프로는 누가 왜 만들어 가지고 말이야. 야 들어가자, 들어가. 향금이 오늘 기분 좀 풀어 주자."

"응 알았어. 근데 보담이는 또 왜 그런 데 다니냐? 이런 때 보담이 꼭 잡아 주면서 향금이한테 공부라도 다시 시작하라고 그러면 좋잖아."

"나도 몰라, 임마. 자식아, 나도 지금 보담이 땜에 골치 아파 죽겠어. 아 완전히 지금 절교하기 직전인 거 알지?"

"니들은 또 왜 그러냐?"

"아, 말하면 길어. 들어가."

분식집에 다시 들어가니 향금이는 어느새 또 튀김을 시켜 놓고 먹으며 훌쩍거리고 있었다. 여자들은 먹으며 울고, 먹으며 할 얘기 다하는 것이 도저히 이해가 되지 않아 민성과 재석은 서로 마주보고 어깨를 움찔했다.

보컬 트레이닝

왜 사람은 사랑할 수밖에 없는가
하필이면 남자와 여자로 만나서
모든 사람은 왜 비슷한 길을 걸어야 되는가
궤도에서 이탈하고 싶다.

나른한 점심시간이 끝났을 때였다. 아이들은 책상에 엎드려 잠을 자기도 하고 운동장에 나가 뛰어놀기도 했다. 그때 교실 문이 열리며 담임인 김정일이 불쑥 들어왔다. 점심시간에 그가 들어오자 아이들은 무슨 일인가 싶어 배부르고 게으른 사자의 눈빛으로 쳐다봤다.

"재석아, 잠깐 상담실로 와라. 누가 찾아왔다."

밥을 먹고 졸려서 하품을 베어 물던 재석은 깜짝 놀라 일어섰다. 김정일을 따라 상담실로 내려가며 재석은 재차 물었다.

학교로 누가 찾아오는 일이란 드물었기 때문이다.

"너 향금이란 애 아니?"

"네? 향금이요? 금안여고 다니는 민성이 여자친군데요."

"걔가 집을 나갔다면서?"

"예? 그게 무슨 말씀이세요?"

상담실 문을 열고 들어가자 처음 보는 아줌마가 초조한 표정으로 앉아 있었다. 동글동글한 귀염성 있는 얼굴이 향금이와 많이 닮았다. 민성은 벌써 와서 맞은편에 앉아 머리를 감싸 쥐고 있었다.

"아, 안녕하세요?"

더듬거리며 재석이 인사를 하자 아줌마는 고개를 돌렸다.

"네가 재석이구나. 보담이 남자친구 맞지?"

"아, 뭐 남자친구라기보단요."

보담과 재석의 관계는 요즘 부쩍 소홀해졌다. 그 사건이 있은 후부터 문자를 주고받는 일도 줄어들었고, 이메일도 거의 보내지 않게 되었다. 드러내놓고 절교는 하지 않았지만 각자 은연중에 서로 서먹해진 관계가 오래가고 있는 거였다.

오디션 연습을 한다고 해서 가 본 향금이네 집 가정형편은 평범했고, 크게 문제가 있어 보이지 않았다. 그제야 향금이 엄마가 입을 열었다.

"향금이 연예기획사에 들어가서 연습생 되겠다고 떼쓰다가 아버지한테 맞았거든. 그래 가지고 통 속 썩이지 않던 앤데 집을 나갔어. 친구 집에 있다가 하루 이틀 뒤에는 들어올 줄 알았지. 전에도 몇 번 그랬거든."

보담과 달리 향금은 껄렁패들하고도 간혹 어울리던 애였다. 그랬기에 물론 민성과도 만난 것이지만 이렇게 엄마가 쫓아올 정도라면 뭔가 심각한 문제가 있는 것 같았다.

"저도 향금이랑 요즘 통화를 못했어요. 지금 문자 보내도 답이 없잖아요."

민성과 향금의 관계도 사실은 소원해지고 있었다. 민성은 재석만큼 향금이 연예기획사나 연예계 가겠다는 것을 반대하는 것은 아니었다. 하지만 3차 오디션에 떨어지고 연예기획사에 들어가겠다고 하는 것에는 약간의 회의를 가졌다. 연습생이 되고 기획사를 다닌다면 학교는 거의 다니는 둥 마는 둥 하는 게 되기 때문이다. 갈 길이 달라지게 되면 민성이 같은 경우는 향금이와 더 이상 친해지기 어려워진다는 것이 두려웠다. 그런 문제로 둘은 티격태격 다투기도 한 것 같았다. 그럴수록 3차에서 떨어졌다는 건 재능이 없다는 의미라고 민성은 향금을 포기시키려 했지만 씨알도 먹히지 않았다. 조금만 노력하면 된다는 게 향금의 주장이었기 때문이다. 마치 사이비종교에 빠진 광신도 같았다.

"글쎄, 그전까지는 그냥 나갔다가 하루 이틀 뒤에 들어오곤 했는데 이번에는 문제가 달라. 이걸 봐."

향금이 엄마는 휴대전화를 꺼내 재석에게 보여 주었다. 문자에 보니 카드결제가 되어 있는 것이었다. 금액도 엄청난 액수였다.

"배, 백오십만 원을요?"

"향금이가 카드를 가지고 나가서 긁었대."

민성이 괴로운 표정으로 옆에서 보충설명을 했다.

"아니, 어디에 썼대요? 무슨 일이죠?"

"그걸 몰라서 너희들을 찾아왔어. 연예기획사 다니면서 연습생은 공짜라 그러더니 갑자기 카드를 이렇게 일시불로 긁는 게 뭔지 모르겠어. 무슨 학원이라 그러는데 노래학원이래. 거기 수강료를 향금이가 낸 거란다."

카드를 분실한 것은 아닌 게 분명했다.

"그래서 너희들을 찾아왔다. 미안하다. 우리 딸 좀 찾아 줘. 그리고 애 정신 차리게 좀 해 다오. 재석이 너는 보담이하고 친구고 민성이 너는 향금이하고 친구잖아. 제발 부탁해. 마음 잡게 해 줘. 그전부터 노래는 취미로 하라고 그랬는데 애가 이렇게 미쳐서 날뛴다. 어떡하면 좋으니? 학원으로 전화해도 바꿔 주질 않아. 내가 가 보면 없다고만 하고."

"예, 저희들이 한번 찾아볼게요."

향금이 엄마가 간 뒤 재석은 큰 기대 없이 보담에게 문자를 보내 보았다. 하지만 답문자는 오지 않았다. 당연히 향금과 보담은 같은 학교여서 만날 수밖에 없는데도 보담은 일부러 대답하지 않는 거였다.

그동안 보담도 집안에서 갈등을 많이 일으키고 있었다. 연예계 반대하는 할아버지와 아빠 엄마를 상대로 보담은 집을 뛰쳐나가는 극단적인 행동은 하지 않았지만 자신이 원하는 바를 쟁취하겠다며 끝끝내 연예기획사에 연습을 하러 다니는 것으로 알고 있었다. 재석은 대수롭지 않게 생각하고 있었다. 지속적으로 다니며 연습을 하고 몸동작을 익히는 것은 보담이같이 공부나 하던 범생이에게는 이내 지치는 것이기 때문이었다. 한두 달 가지 않아 공부하는 범생이로 돌아오리라고 생각하고 있었다. 그런데 시간이 제법 흘렀는데도 여전히 끈질기게 보담은 기획사를 다녔고 오디션에 떨어진 향금까지 가세를 한 것이다. 이렇게 되면 둘이 서로 의지하고 당겨 주며 기획사 생활이 굳혀질 것이라는 생각이 문득 재석에게 들었다.

"야, 보컬학원에 보담이도 다니는 거 아냐?"

민성이 혹시나 해서 물었다.

"모르겠어. 나 그때 한 번 연습실에 다녀온 뒤로는 일체 그런 거 물어보지 않거든. 만난 지도 오래됐어."

"야, 니네 헤어진 거 아니냐?"

"그, 글쎄. 연락한 지 오래되긴 했어."

"재석아, 이따가 우리 학교 끝나면 향금이 좀 찾으러 가자. 이 주소 보고……. 야 좀 도와주라."

"그나저나 왜 돈을 더 갖다 쓰냐? 그 기획사가 다 해 줘야지."

"나도 몰라. 뭔가 사연이 있겠지 뭐."

지금으로선 그 사연을 알 길이 없었다.

"그래 알았어. 가 보자."

"근데 이렇게 돈이 많이 들면 연예인 되기 쉽지 않잖냐?"

"그러니까 다 오디션하겠다고 그러지. 단칼에 유명해지려고."

"야 향금이는 재능도 없으면서 무슨 노래를 한다고 그러냐?"

"보담이는 뭐 어떻고? 공부나 하지, 걔는 왜 그러냐? 공부하면 갈 길이 많은데……. 하여튼간 애들이 요즘 연예인 열풍에 빠져서 죽겠다, 죽겠어."

수업종이 울려 두 아이는 자기 반으로 돌아갔다. 오후 수업은 완전히 잡친 재석이었다. 이번엔 또 어떤 보컬학원을 향금이가 다니는지도 알 수 없었고, 보담이는 또 그것을 어떻게 보고 있는지도 궁금했기 때문이다.

그날 야자의 감독으로는 김태호가 들어왔다. 어찌 된 일인지 그는 기타를 등에 메고 있었다.

"어, 선생님 그거 무슨 기타에요?"

아이들이 궁금해서 물어보았다. 재석도 관심을 가졌다.

"너희들 오늘 야자 하느라고 수고가 많다. 내 첫사랑의 여인을 생각하며 만든 자작곡이 있는데 오늘 한번 들려주려고……. 병조가 특별히 부탁을 해서 내가 오늘은 각 반마다 다니면서 위로해 주려고 준비했다. 너희들 공부하느라고 힘들지?"

"네."

"대학에 들어가 봐라. 멋진 낭만이 있다. 조금만 참아. 아주 멋진 시절이 기다리니까."

병조가 옆에서 재석에게 말했다.

"선생님이 문예부에서 가끔씩 기타 치시는데 대학교 때 가수로도 활동하셨대. 그래서 내가 우리 반 아이들에게도 좀 들려 달라고 했어. 정말로 해 줄 줄은 몰랐어."

"잘했어."

재석이 병조의 등을 두들겨 주었다. 이윽고 김태호는 기타의 음을 잠시 고르더니 잔잔한 목소리로 노래를 시작했다.

네가 떠난 강의실 캠퍼스

어디에도 너는 안 보이고

마음속 가득히 너의 잔영만 남아

외로움이 대신 친구가 되었네

보고 싶은 그녀 어디로 갔나

나는 이 자리에 홀로 남아

오늘도 쓸쓸하게 눈물짓는데

가사는 전형적인 포크송 계열이었다. 잔잔하게 아르페지오 주법으로 현을 뜯으며 노래하는 김태호의 노래를 듣고 아이들은 금세 감상에 젖었다. 생각보다 청아한 목소리의 노래가 끝나자 열화와 같은 박수가 교실에 울려 퍼졌다.

"와!"

멋쩍은 표정으로 김태호가 기타를 거두며 말했다.

"대학교 때 만든 노래라서 좀 유치하고 그렇다. 너희들처럼 막 랩을 하고 그래야 되는데. 그냥 감안하고 들어라.”

“선생님, 그 가사 실화에요?”

한 녀석이 물었다. 김태호는 그 질문을 기다리기라도 한 것 같았다.

“그래. 내가 대학 다닐 때 사랑하는 여자가 있었는데 용기가 없어서 그 여자가 방황할 때 잡아 주질 못했다.”

선생님들의 첫사랑 이야기는 항상 학생들의 큰 관심을 불러일으키는 것이었다.

“지금도 그 여자가 생각이 나는데 그때 만든 노래가 너희들에게 위안이 될 것 같아서 한 곡 불렀다. 대학에 가면 너희들도 사랑하는 여자도 생기고 때가 되면 이별도 할 거다. 하지만 중요한 것은 사랑할 때 최선을 다해야 하는 거야. 내가 그걸 못했어. 철이 좀 없었거든. 여자의 마음을 잘 몰랐다고나 할까. 그래서 이렇게 노래도 만들었는데 뭐 나는 뭘 하든지 얼치기다.”

김태호의 잔잔한 독백 같은 이야기가 이어지자 창밖으로 해 떨어진 교실은 순간 숙연함이 감돌았다. 국어수업 시간에 때로는 열정적으로, 때로는 다정하게 가르치는 김태호의 가슴 속 깊은 곳에서 우러나온 정서가 아이들에게 촉촉하게 전달되는 것 같았다.

"자 이제 공부하자. 나중에 너희들 대학입시 끝날 때쯤 되면 내가 노래 한 번 더 불러 주마. 어쩌면 내가 대학 때 같이 했던 밴드를 불러올 수도 있어."

"와!"

흙탕물의 앙금이 잠시 물에서 일었다 가라앉듯 교실에 다시금 자율학습의 정적이 자리 잡았다.

재석은 김태호 노래의 여운이 남아 쉽게 감흥이 가라앉지 않았다. 가슴이 다 먹먹해졌다. 수첩을 꺼내 자신의 감흥을 몇 자 적지 않을 수 없었다.

왜 사람은 사랑할 수밖에 없는가

하필이면 남자와 여자로 만나서

모든 사람은 왜 비슷한 길을 걸어야 되는가

궤도에서 이탈하고 싶다.

그날 나머지 야자가 한창 진행될 때 재석과 민성은 학교 담을 뛰어넘었다. 최근에는 담을 넘어서 바깥으로 도망가 본 적이 없었지만 매번 외출허가증을 끊는 것도 번거로운 일이었고, 당당히 이유를 밝히자 하니 여자친구 보컬학원에 가서 데려오려 한다고 말하기도 궁색했던 것이다.

향금이가 카드로 학원비를 냈다는 그 보컬학원은 종로에 있었다. 강남과 달리 종로는 지번도 불확실하고 건물의 이름을 찾기도 어려웠다. 뒷골목 어디께인 것 같았는데 확인하기가 어려웠다. 결국 두 아이는 인터넷으로 자세히 검색해 보기로 하고 피시방에 들어갔다. 키보드를 두들겨 보니 의외로 보컬선생이 하는 학원은 인터넷에도 뜨는 유명한 곳이었다.

"야 김충호? 너 들어 봤냐?"

학원 홈페이지는 유명가수 리스트가 올라가 있었고 화려하게 장식되어 있었다. 꿈과 희망을 이루라는 둥, 부와 명예가 한 손에 있다는 둥, 재능을 썩히지 말라는 등의 표현들이 현란해서 춤과 노래에 재능 있는 아이들은 혹할 수 있게 만들어 놓은 것 같았다. 수없이 많은 동영상이 떠올랐고 연습하는 아이들의 어설픈 뮤직 비디오도 볼 수 있었다.

"야, 이렇게 노래 배우겠다는 사람이 많은 줄 몰랐어."

"야 춤은 어떻고? 봐봐. 이 댄스. 와 정말 어마어마하다."

최근의 오디션 열풍이 이렇게 엔터테인먼트 교습에 열풍을 불러일으키고 있었던 것이다.

관장이라는 김충호의 얼굴은 기름 발라 장발머리를 옆으로 넘긴 우태균과는 달리 덥수룩하고 뚱뚱한 외모였다. 얼굴은 맑아 보이지 않았다. 두꺼운 뿔테에 목이 짧은 그는 피아노 앞에 앉아 기분 좋지 않은 미소를 환하게 짓고 있었다. 홈페이지의 메뉴 가운데 찾아오기가 있었다. 피시방에서도 멀지 않은 곳이었다. 건물 사이에 있는 골목으로 들어가야 찾을 수 있는 오래된 5층짜리 건물에 있는 것이었다.

"가보자."

"그래."

건물 꼭대기까지 올라가는 것을 보니 아무리 연예인 열풍이 대단하다 해도 임대료를 비싸게 내기는 힘든 모양이었다. 그렇지만 입구는 화려했고 벽과 실내는 밝은 색으로 칠해 놓아 분위기만으로는 강남의 어느 오피스 같았다. 계단께에서 들여다보자 안에서는 보컬을 하고 노래하는 아이들이 드나드는 것이 보였다. 칸막이가 쳐져 있었고 어렴풋하게 노래 소리가 들려왔다.

문을 열고 들어가자 카운터에 있는 여자가 고개를 들었다. 긴 생머리에 스타일이 근사한 여자는 둘을 보더니 물었다.

"보컬 트레이닝 받으러 오셨어요? 선생님은 지도중이신데⋯⋯."

"아, 예. 제 친구가 여기 다니나 해서요."

"친구? 누구죠?"

"향금이라고요, 문향금이요."

"문향금, 아, 네. 있네요. 지금 연습중인데요. 저녁타임 배우고 있어요."

"그럼 여기서 기다릴까요?"

"그러세요."

소파에 앉아 기다렸다. 참다못해 재석도 물었다.

"여기 혹시 보담이라고 있나요? 김보담이도 있어요?"

"김보담? 향금이랑 같이 오는 학생이에요. 예쁘게 생겼지요?"

그 소릴 듣는 순간 재석의 머리에서 피가 빠져나오는 느낌이었다. 가슴이 격하게 뛰었다. 십여 분간 화를 참으며 민성과 재석은 기다렸다. 문이 열리자 이윽고 뚱뚱한 김충호가 나오며 아이들을 다정하게 배웅했다.

"잘 가. 자기들 연습 많이 해 오고."

"안녕히 계세요."

목소리만 들어도 그것이 향금과 보담임을 알 수 있었다. 인사를 하고 복도를 돌아 나오는 두 아이는 소파에 앉아 있는 재석과 민성을 발견하자 흠칫 놀랐다.

"어머, 너희들 어쩐 일이야?"

재석은 아무 말도 하지 않았다. 향금이 비실비실 피하는 것을 보며 민성이 일어났다.

"야, 밖에 나가자."

"싫어! 니들 왜 왔어? 우리 지금 기획사 사무실 가야 돼."

향금이 발끈하며 대답했다.

"야, 니네 엄마가 우리 학교까지 찾아왔어. 이 기집애야. 너 지금 집 나왔다며? 어디서 먹고 자고 있는 거야? 그리고 카드로 학원비 긁었다며? 니네 엄마 카드로 긁은 거 다 알아. 얼마나 걱정하는지 알기나 해?"

"아, 싫어. 나 집에 안 들어갈 거야."

보담의 등 뒤로 향금이 숨었다. 그 꼴을 보다 못한 재석이 일어나 말했다.

"민성아, 나가자. 일단 여기서 떠들지 말고 나가."

"나 너희들하고 할 얘기 없어."

향금은 언성을 높였다. 각 연습실의 문들이 열리면서 사람들이 빼꼼히 내다봤다. 김충호가 다시 나와 말했다.

"어이, 학생들. 무슨 일이야?"

"아저씬요, 상관없으니까 빠지세요. 지금 얘네들 하고 얘기하는 거예요."

"대가리에 피도 안 마른 놈이 건방지게……."

대번에 막말을 내뱉는 김충호는 넉넉한 몸집과 달리 인상이 험악해 보였다.

"야, 빨리 가자. 아저씬 상관하지 마세요."

민성이 돌아서자 뒤통수를 김충호가 냅다 후려쳤다. 뻑 소리가 나는 것을 보고 향금과 보담도 깜짝 놀랐다.

"어머!"

재석은 순간 불끈하고 주먹이 올라오는 것을 참았다. 민성이 둘 사이를 가로막으며 말했다.

"아저씨, 왜 애를 때리고 그러세요? 말로 하시지."

"넌 또 뭐야? 비켜, 이 자식아!"

김충호는 바로 재석의 멱살을 잡았다. 하지만 키가 큰 재석이 김충호를 내려다보는 형국이 되자 그는 인상을 더욱 험악하게 쓰며 말했다.

"이 자식들 애들한테 껄떡대는 녀석들 아니야? 무서운 형들 불러?"

"불러 봐요. 누굴 부르겠다는 거야?"

재석도 불량스러운 눈을 부라렸다.

"이거 안 되겠구나. 이 자식들 빨리 안 꺼져?"

그 사이에 안내를 보는 여자가 어딘가로 전화를 걸었다.

"아저씨, 순진한 애들 꼬셔 가지고 카드로 대금 결제하게 만들면 돼요?"

재석이 거칠게 물었다.

"뭐? 애들을 꼬셔? 이 자식 말하는 것 봐라. 누가 애들을 꼬셔, 임마! 다 부모들이 데려와서 노래 배우겠다는 애들이야!"

"향금이가 엄마 카드를 훔쳐다 긁어서 쟤네 엄마가 우리 학교에 왔다 갔단 말이에요."

"그건 내가 알 바 없어. 애들이 원하는 거 하겠다는데 나는 속이거나 갈취한 적 없거든. 향금아, 내가 너 보고 강제로 등록하라 그랬니?"

"선생님 아니에요. 죄송해요. 재석아, 너 왜 이래?"

보담이와 향금이가 동시에 재석이의 팔에 매달렸다. 아무것도 하지 않았는데 재석이 마치 가해자가 된 것만 같아 서러워지려고 했다.

"건방진 노무 새끼가……."

김충호는 손바닥으로 가볍게 톡톡 여드름투성이의 재석의 얼굴을 쳤다. 건드리는 대로 고개를 돌려 주며 재석은 참았다. 주먹은 다시 쓰지 않기로 했기 때문이다.

"아저씨, 손 고만 대세요. 이번 한 번만 봐주는 거니까……."

"이 자식이 맞아야 정신을 차릴래나?"

그때였다. 학원 문이 벌컥 열리더니 한 덩치 하는 녀석들 두엇이 들어왔다. 가죽점퍼를 입고 긴 머리를 흩날리는 품새가 종로 일대에서 노는 양아치들이었다.

"야 느이들이냐? 이 자식들이 어딜 형님 영업장에서……. 나와!"

양아치들은 두 아이의 멱살을 잡고 강제로 끌어냈다. 깜짝 놀란 향금과 보담이 소리를 질렀다.

"어머, 어떡해! 어떡해!"

질질 끌려 나오며 두 아이는 계단 아래로 내려왔다. 학원 문을 닫으며 김충호가 말했다.

"야, 그 새끼들 버르장머리 좀 고쳐. 다신 여기서 얼쩡거리지 못하게……."

"놔요, 놔!"

끌려 내려오면서 민성이와 재석은 거칠게 반항했다. 하지만 이런 경험이 많은지 양아치들은 별 어려움 없이 건물바깥으로 재석과 민성을 끌고 나갔다. 그리곤 땅바닥에 패대기치듯 던지며 말했다.

"한 번만 더 여기 얼쩡거리면 뼈도 못 추릴 줄 알아! 여기가 어딘 줄 알고 자식들이……."

생각 같아서는 그대로 일어나 주먹을 뻗고 싶은 재석이었지만 참았다. 사건을 일으켰을 때 벌어질 일들이 눈앞에 주마등처럼 흘러갔기 때문이다. 학교에 연락이 가면 엄마가 불려올 것이고, 그렇게 되면 지금까지 자신이 노력하고 참았던 일들이 모두 하루아침에 없던 게 되기 때문이다. 민성이 오히려 화가 나서 주먹을 휘두르려고 하는 것을 말렸다.

"민성아, 하지마! 하지마! 가자 가자!"

"그래, 잘 생각했다."

재석이 시르죽는 걸 보고 양아치들은 빌빌 웃으면서 길가에 침을 뱉었다. 재석과 민성은 골목 밖 대로로 나왔다. 골목 밖은 언제 그랬냐는 듯 휘황하게 종로의 번화함이 그들을 감쌌다. 하지만 하나도 흥분되거나 즐겁지 않았다. 향금과 보담이 지금쯤 따라와서 자신들에게 말을 걸어야 하는데 그러지 않았기 때문이다. 자신들이 가는 길에 방해가 되는 존재들이 되었다고 생각하는 것만 같아 쓸쓸했다.

"민성아, 자기들이 하겠다는데 우리가 나서서 이게 뭐냐?"

"야, 일부러 여기까지 왔는데 허무하게 그냥 가냐?"

골목길 뒤쪽을 돌아보니 저만치 보담과 향금이가 택시를 잡아타려는 것이 보였다.

"저기 있다."

향금이를 쫓아가 붙잡은 민성이 말했다.

"야 향금아, 집에 들어가. 니네 엄마 너 땜에 걱정이잖아."

"나 안 들어가. 엄마가 허락하기 전까지는……."

택시 문을 연 채로 아이들이 실랑이를 하자 기사가 말했다.

"탈 거야, 안 탈 거야?"

이런 상황에서 택시를 탈 수는 없었는지 보담이 택시 문을 닫았다. 결국 네 아이는 부근 카페로 들어갔다. 창가로 자리를 잡고 앉은 넷은 잠시 흥분을 가라앉히고 대화를 나누기로 했다.

"보담아, 넌 어떻게 향금이가 집 나왔다는데 말리지도 않았어?"

과거의 보담 같았으면 있을 수 없는 일이었기에 재석이 다그치듯 물었다.

"내가 뭘? 부모가 길을 막으면 반항할 수밖에 없는 거 아냐?"

"네가 어떻게 그런 말을 할 수 있어? 너희 할아버지랑 부모님을 생각해 봐."

"여기서 우리 가족 얘기는 왜 나와? 네가 뭘 알아? 내가 공부에 얼마나 시달렸는데."

"뭐? 시달려?"

"그래. 말로 꼭 표현하는 건 아니지만 우리 부모님 내 성적에 얼마나 신경 쓰는지 알아? 그리고 내가 공부하는 것이 마치 당신들이 잘하는 것인 양 우리 엄마는 얼마나 자랑을 하는데. 그게 나한텐 압박이었어. 그리고 하나도 신나거나 재미

있지 않아. 하던 거니까 할 뿐이었다고. 그리고 성적이 떨어질 때의 그 비참함을 알기나 해?"

"네가 언제 성적이 떨어져 봤다고 그래?"

옆에 있는 향금이 말했다.

"보담이 전교에서 2등도 한 두어 번 했어."

어이가 없었다. 전교 1등을 하다 2등을 하는 것에 자존감이 상한다고 이야기하는 보담이었기 때문이다.

"야, 보담이 너는 그래도 집이 부유하니까 돈 내서 학원 다니는지 모르겠는데, 향금이 얘네는 아빠 엄마 둘이서 맞벌이로 뼈 빠지게 번다고. 그런데 카드를 들고 나가서 긁어 버렸으니 얼마나 놀랐겠어? 투쟁을 하더라도 집에 있으면서 해야 되는 거 아니니?"

"야, 너 되게 모범생 같다."

향금이가 민성에게 말했다.

"모범생이라서가 아니라 우리 이러지 않기로 했잖아. 꿈과 희망을 가지고 가기로 했잖냐구."

"난 이게 꿈이고 희망이야. 보담이랑 같이 연습 다니고 춤추는 게 얼마나 재밌는데? 우리는 그러면서도 공부도 할 거라고. 우리 기획사 사장님이 말했어."

"누, 누구? 우태균?"

"그래 우리 사장님이 그랬어. 우리들 정도면 나중에 대학도 갈 수 있고, 똑똑한 연예인이 된다고 했단 말이야."

"야, 연예인이 똑똑해 봤자지. 연예인이란 말야, 인기 떨어지면 끝이라고. 그리고 정말 너희들이 재능이 있으면 사장 자기가 투자해야지, 왜 너희들이 돈을 내?"

"연습생이 우리 기획사에 얼마나 많은 줄 알고 그래? 그러니까 자기 실력을 키워야 계약을 할 수 있단 말이야."

계약이라고 말을 했다. 계약에 대해서는 재석이도 좀 알고 있었다. 가끔 방송에서 노예계약을 기자들이 언급했기 때문이다.

"야, 그 계약이 노예계약 말하는 거 아니야? 이십 년 십 년씩 막 묶여 있는 거. 그거 하겠다는 거야, 지금?"

"아냐, 요즘 좋아졌댔어."

노예계약 이야기에는 두 아이가 약간 기가 죽었다. 사회문제가 되면서 시끄러웠던 것을 알기 때문이다. 아무리 이야기를 해도 대화는 통하지 않았다. 하지만 집을 나와서 향금이가 이러는 것은 아니라고 생각했는지 잠시 후 보담이 말했다.

"향금아, 일단 집에 들어가. 그리고 어떻게 해서든지 허락을 받아 내. 이대로 도망갈 순 없잖아. 그리고 너 찾으려고 엄마가 재석이네 학교까지 가셨다는 거 보니까 이제는 허락해 주실 것 같아."

결국 향금이는 민성이가 책임지고 집에 데리고 들어가기로 하고 엄마와 통화를 한 뒤 두 아이가 먼저 카페를 나섰다. 둘만 남은 보담과 재석은 잠시 말이 없었다.

"가자. 집에 데려다 줄게. 나는 너한테 할 말이 없다. 나보다 똑똑하고 책도 더 많이 읽고 생각이 깊은 아이인데 알아서 잘할 거라고 믿어. 나는 내 공부하기도 바쁘니까."

약간 체념하는 상태가 되었다. 애초에 보담이처럼 예쁘고 공부 잘하는 아이가 자기의 짝이 되리라고는 상상도 하지 않은 재석이었다. 둘은 말없이 카페를 나왔다. 쌀쌀한 늦가을 바람이 불어와 옷깃을 여미게 만들었다. 버스를 타려고 기다리고 있는 사이에 재석은 한 번 더 물었다.

"정말 연예인 해야 되겠어?"

"……."

보담은 대답이 없었다. 아직도 확신이 서 있지 않다는 의미였다.

"야, 그렇게 돈을 많이 달라 그러고 보컬학원 다니고 그러면 학교 다니는 거하고 뭐가 다르냐? 나 좀 어이가 없다."

"……."

묵묵부답이었다. 결국 버스가 왔을 때 재석은 따라 타지 않았다.

보담이 버스를 타고 떠나자 문득 재석은 품속에 넣어 두었던 봉식의 명함이 생각났다. 명함을 꺼내 전화를 걸었다. 한참 만에 봉식이 받았다.

"형 저 재석이에요."

"누구라고?"

"재석이요. 통화 가능해요?"

"아, 재석이. 그래그래. 어쩐 일이냐? 어머니 잘 계셔?"

"예, 형. 그 뒤로 가게 안 오세요?"

"아, 그래. 가야 되는데 그 동네 갈 일이 없네. 내가 지금 매니저하는 애들 요즘 떴잖아."

"브랜뉴요?"

"그래. 요즘 히트곡을 계속 만들어 내고 있거든. 근데 어쩐 일이냐?"

"뭐 좀 여쭤 볼려구요."

"그래 말해 봐."

"저 연예계에 가겠다는 아이들이 있는데요. 연예기획사 사장이 노래랑 춤 배우라고 돈을 가져오라 그래서 학원을 다니고 있어요. 그래 가지고 집안에 막 문제가 생기고 있는데 이게 정상인 건가요?"

"뭐? 돈 가져오라고 그래?"

"네."

"그거 학원비 내 가지고 실력을 익히고 가수가 되는 건 좋은데, 재능 없는 애들을 그렇게 뽑아 먹는 나쁜 놈들이 가끔 있어. 잘 알아보라 그래. 이쪽이 얼마나 경쟁이 심한데. 그렇게 쉽게 학원 다니면서 실력을 쌓을 정도면 누구나 다 연예인 가수 했게? 나 바빠서 이만 전화 끊는다."

"네. 형 고마워요."

가슴이 덜컥 내려앉는 기분으로 재석도 전화를 끊었다. 연예계에서 인정을 받는다는 건 공부하는 것보다 더 어려운 일이 분명했다.

헤어짐의 아픔

> 다른 사람들은 무슨 일을 할까? 안 해 본 것을 하지 않을까? 지구의
> 마지막 날이라면 그날이 가기 전에 자신의 일상에서 벗어나 새로운 세
> 계를 맛봐야 할 것 같다. 나는 내일 지구가 패망한다면 내가 가 보지
> 못한 곳을 마지막으로 가 볼 것 같다.
> 그러면 스피노자는 틀렸다. 평생 사과나무를 심었으면 못해 본 것을
> 해야 한다. 마지막 날이니까.

내일이면 드디어 기말고사의 마지막 과목이 끝나는 날이었
다. 재석은 독서실 문을 열고 거리로 나왔다. 시간은 벌써 열
두 시가 넘었다. 두 시간만 더 공부하고 들어가 잠시 눈을 붙
인 뒤 마지막 시험을 보면 재석의 고등학교 2학년 기말고사
는 끝이 난다. 내일 과목은 영어와 국어였다. 둘 다 재석이 기
초가 없는 과목이었다. 하지만 끝까지 최선을 다하라고 얘기
했던 부라퀴의 말이 떠올랐다. 성적이 나오지 않더라도 최선
을 다했을 때와 하지 않았을 때의 후회와 상실감은 다르다는

것이 부라퀴의 이야기였던 것이다.

부라퀴는 여전히 입에 붓을 물고 붓글씨 쓰는 연습을 하곤 했다. 멘토로서 부라퀴의 역할은 이제 많이 줄었다. 본인의 건강에 문제가 생겼기 때문에 재석을 자주 만나지도 못했고 재석 역시도 이미 정신을 차렸고, 힘들고 어려운 일이 닥쳤을 때 스스로 헤쳐 나가려 애를 썼기 때문이다.

독서실 앞의 차도에는 가끔씩 차가 지나갔다. 밤하늘을 올려다보며 재석은 끊었던 담배를 다시 피고 싶다는 생각이 들었다. 애써 공부에 전념하느라 노력하고 책상 앞에는 등수를 10등 올리겠다고 써서 붙였는데 오늘까지 본 시험으로 보면 그 목표는 무난히 달성할 것 같았다. 이미 재석의 성적은 중위권 이상으로 올라와 있었기 때문이다. 하지만 보담이와 헤어졌다는 사실에 마음속 한 곳에 아련하게 와 닿는 슬픔이 느껴졌다. 보담은 학교공부를 게을리 하지는 않았지만 연예 기획사에 다니는 일을 즐거워했다. 초등학교 때부터 범생이로 살아오던 보담에겐 기획사에서 연예인을 꿈꾸는 아이들과 어울려 섞이는 일은 묘한 성취감을 주는 모양이었다. 결국 그러한 보담에게 어필할 수 있는 것이 아무것도 없는 재석은 문자 한 통을 보냈다.

✉

그동안 고마웠어.

공부 열심히 하고 나중에

우리 대학 가서 만나자.

과거의 보담이었다면 무슨 일이냐고 물어보며 만나자고 하거나 이야기를 나누었을 터이지만 보담에게서 날아온 대답은 너무나도 건조하고 딱딱한 것이었다.

✉

알았어. 행운을 빌어.

그것이 둘의 이별이었다.

그 뒤 재석은 가슴 한구석이 베어져 나간 느낌이었다. 처음 보담을 만났을 때의 황홀했던 기분과 가슴 설렘은 여전히 남아 있지만 현실의 여건은 그러한 설렘과 보담에 대한 우정과 사랑을 유지시킬 수 없었던 것이다. 하지만 지금의 재석은 과거의 재석이 아니었다. 보담과의 관계는 정리되었다 하더라도 삶을 돌아보는 자신의 시각이 변했기에 재석은 애써 무너지려는 자신을 추슬렀다. 자신에게는 보담 말고도 엄마가 있었고 주위에 둘러보면 부라퀴와 선생님들의 시선이 있었다.

"에이, 씨!"

길가에 굴러다니는 깡통을 걷어차며 재석은 푸념을 했다. 옛날에는 전혀 눈에 들어오지 않던 것들이었다. 주위 사람에게 신경을 쓰게 된다는 것, 그것은 나이를 먹거나 범생이로 살아간다는 의미일지도 몰랐다. 엠피스리 플레이어를 꺼내 귀에 꽂았다. 그때 흘러나온 곡은 자신의 처지를 노래한 것만 같았다. 가사가 또 아련하게 가슴을 저며 왔다. 한 곡을 다 들은 뒤 재석은 다시 독서실로 들어갔다. 목표해 두었던 문제집을 마저 풀고 집에 가야 할 것 같았기 때문이다. 현재를 충실히 하지 못하면 먼 훗날 노래가사와 같은 추억도 맛볼 수 없을 거라는 생각이었다.

재석은 습관적으로 컴퓨터를 켰다. 이제 글바다에 자신의 글을 올리는 것이 습관이 되다시피 했다. 댓글을 보는 것도 빼놓을 수 없는 일과가 되었다.

이 무렵 김태호는 재석의 글을 수시로 보아주었다. 이제 거의 문예부원이나 마찬가지가 된 재석이었다. 그럼에도 불구하고 문예부로 들어오라는 이야기를 김태호는 하지 않았다. 글을 보여 주면 지적만 할 뿐이었다. 한번은 재석이 추상적으로 쓴 글을 가지고 김태호는 지적을 했다. 그 글은 독서에 관한 것이었다.

책을 나는 많이 읽지 않았다. 친구들이 무슨 책을 이야기해도 알지 못한다. 그럴 때는 가끔 내가 무식하다는 생각이 든다.

하지만 책을 읽으려고 해도 어떤 책이 좋은지 모르겠다. 활자를 읽고 거기에 신경을 쓴다는 일 자체가 피곤하다. 책만 펴면 졸린다는 아이들이 있다. 책은 수면제인 것 같다.

좋은 책을 많이 읽고 싶은데 왜 안 되는 걸까.

김태호는 그런 재석의 글을 읽고 말했다.

"재석아, 네 글은 뭐가 문젠지 아냐? 이 글이 좋은 글이 되려면 구체적인 에피소드가 들어가야 돼. 책에 얽힌 에피소드 없니?"

"글쎄요? 제 옛날 여자친구가 책을 좋아했어요."

"그래? 무슨 책을 좋아하는데?"

"걔는 거의 매일 책을 읽고 있던데요?"

그 순간 울컥했다. 보담이 그리워졌기 때문이다. 김태호는 재빨리 그런 재석의 감정 변화를 알아챘다.

"이 녀석, 정말 그 친구 좋아하는구나."

"죄, 죄송해요. 걔가요, 저한테 책을 권해 주곤 했어요.《데미안》도 읽으라고 소개한 게 그 애에요."

"그랬구나. 네가 읽었다는 책이 다 여자친구 도서목록에 있는 책이로군. 그러면 이 녀석아, 그런 이야기를 글에다 솔직하게 써야지. 나는 《데미안》을 읽은 적이 있다. 그 책은 내 여자친구가 권해 준 책인데 내용은 이렇다. 그걸 읽고 나서 여자친구와 무슨 이야기를 어떻게 나눴다……. 이렇게 구체적인 이야기가 들어가야 돼. 좋은 글이 되려면 막연하게 이랬다저랬다 그냥 설명해 버리는 게 아니고 그 글에 맞는 꼭 필요한 에피소드를 넣어야 된다. 글 안에 생생한 에피소드가 있어야 사람들이 읽을 때 재미있는 거야. 에피소드는 스토리거든. 스토리를 싫어하는 사람은 아무도 없어."

"아, 네."

"다시 한 번 써 봐라."

재석은 그래서 스토리에 얽힌 이야기를 다시 써서 카페에 올렸다.

나는 책을 싫어했다. 솔직히 말하면 읽을 때마다 졸음이 왔다. 수면제로나 쓴다면 좋았을 거다.

하지만 그런 나에게도 책이 의미 있게 다가온 적이 있었다. 나의 여자친구가 《데미안》을 권해 줬기 때문이다. 《데미안》은 나 같은 청소년이 자신의 알 껍질을 깨고 나오는 내용이었다. 나 역시 그 무렵 방황하고 있을 때라서 큰 감동을 받았다.

독서를 싫어하는 것은 아마 어쩌면 나에게 알 껍질인지도 모른다. 그 알을 깨지 않고서는 결코 더 큰 세상을 향해 날아가지 못할 것이다. 이 책을 계기로 나는 몇 권의 책을 더 읽어 보았다.

책을 읽으려면 집중력이 필요하고 노력을 해야 하지만 읽고 나면 반드시 대가가 있는 것 같았다. 남들 앞에서 조금은 유식한 척 할 수도 있고, 칭찬도 받는다. 하지만 그것은 당장의 눈앞에 나타나는 효과이다. 진짜 독서의 효능은 먼 훗날 내 인생의 자양분이 되는 게 아닐까 싶다.

컴퓨터에 올려 놓은 글을 보고 댓글들이 많이 달렸다.《데미안》을 읽었다든가, 그 내용이 감동이라든가 자신도 책을 좋아한다는 내용들이었다. 글바다에 글을 올리는 아이들은 기본적으로 책을 좋아하는 것이 맞는 것 같았다.

다음 날 기말고사가 모두 끝났다. 예전 같았으면 민성이 쫓아와 같이 영화를 보러 가자거나 여자친구들과 어울리자고 했을 것이었다. 그러나 요즘 민성도 관계가 소원해졌다. 이유는 향금이와 보담이 때문이었다. 대가 약한 녀석은 향금이와 타협을 했다. 집에 들어가는 조건으로 향금이를 설득해 데려간 뒤 향금이는 엄마 아빠에게 마지막까지 저항했다. 결국 향금이의 부모는 돈은 대 줄 수 없지만 알아서 연예계에서 클 수 있으면 커 보라고 했다. 돈 없이 그런 일은 거의 불가능하다는 것을 알고 있었기 때문이다. 그러면서 민성에게 따로 부탁을 했다. 향금이가 연예계에 가겠다는 꿈을 접을 때까지 곁에서 지켜봐 달라고. 그리고 향금이가 위험에 빠지지 않도록 도와달라는 간곡한 부탁이 있었다. 그 뒤 민성은 향금이의 뜻을 꺾지는 못하되 그녀의 곁을 사명감을 가지고 얼쩡거려야 했다. 그런 민성이를 보는 향금의 친구 보담도 마음이 괴로웠다. 하루는 연습실에 따라온 민성에게 향금이 말했다.

"민성아, 보담이 널 보면 불편하대. 만날 재석이 얘기만 하잖아."

그건 어쩔 수 없었다. 민성이 유일한 베스트 프랜드가 재석이니 툭하면 재석의 이야기가 화제에 오를 수밖에 없었다.

"안 할게. 안 하면 되잖아."

민성은 더 이상 재석이 이야기를 꺼내지 않았다. 그리하여 보담과 민성, 향금의 관계는 편안해졌다. 민성은 더 나아가서 보담이 연습실에 갈 때는 따라가거나 시간 날 때마다 보디가드 역할을 자처했다. 그러다 보니 자연히 재석과의 관계는 멀어질 수밖에 없었다. 남자와의 의리는 여자로 인해 깨진다는 말을 증명하듯 소원해진 재석과 민성의 관계였다.

재석은 교문을 나서며 이제 2학년도 거의 다 끝나가니 다가올 3학년은 좀 더 열심히 공부해야겠다는 다짐이 생겼다. 젊은 시간의 한 매듭이 지어진다는 생각이 들자 집으로 향해 가는 걸음 내내 마음 한구석에 갑자기 보담에 대한 그리움이 고개를 들었다. 고른 치열로 환하게 웃어 주던 보담, 볼 때마다 황홀해지도록 아름다운 보담의 얼굴이 떠오르자 미칠 것만 같았다. 주위에 사람이 없다면 눈물을 펑펑 내쏟으며 울고 싶을 만큼 그리웠다. 어느새 재석은 보담을 사랑하고 있었던 것이다.

　보담은 아마 연예기획사에 가 있을 것이 분명했다. 민성의 말에 의하면 보담의 성적은 전교 10위권 바깥으로 이미 밀려났다고 했다. 하지만 워낙 기초실력이 되어 있고 공부를 해오던 아이인지라 성적이 생각한 것만큼 크게 처지지는 않았다. 금안여고에서는 보담의 추락을 놀라워하지만 다들 이유는 알지 못한다고 했다. 철저하게 보담과 향금이 보안을 유지했기 때문이다. 선생님들도 보담이 왜 그러는지 상담을 하고 이유를 물었지만 보담은 다른 이유를 둘러댔다. 할아버지가 몸이 불편해서 그게 마음 쓰이다 보니 아무래도 공부에 집중이 덜 된다는 식의 변명이 먹혔다.

　보담을 생각하며 재석은 향금, 민성과 함께 즐거웠던 시간을 돌이켜 보았다. 어느새 정신을 차려 보니 연예기획사 앞에 와 있었다. 애마가 술 취한 김유신을 천관녀의 집으로 습관적으로 이끈 것처럼 자신의 몸이 자신을 이렇게 보담이 있는 곳으로 데려왔던 것이다. 차마 기획사 입구에 들어갈 생각은 나지 않았다. 멍하니 길가에 앉아 기획사를 바라보는 마음의 깊은 곳에서는 혹시라도 보담을 볼 수 있었으면 좋겠다는 생각이 스멀스멀 올라왔다. 길 건너편으로 화려하게 차려 입은 남녀 커플이 지나갔다. 무심히 바라보던 재석은 순간 고급스러운 옷을 입고 짙은 화장을 한 아이가 보담이라는 사실을 깨달았다. 눈을 씻고 다시 볼 지경이었다. 전혀 고등학생의 얼굴이 아니었기 때문이다. 마치 아이돌스타가 다 된 것 같은 화려한 복장과 몸놀림이었기 때문이다.

"보, 보……."

보담이를 부르려던 재석은 잠시 멈칫했다. 옆에서 따라가고 있던 녀석이 연습생으로 보담이 스트레칭할 때마다 보담의 몸을 만지곤 했던 그 녀석 영준이 분명했기 때문이다. 더 놀라운 건 그 다음에 벌어졌다. 보담과 비슷한 수준으로 화려한 옷을 입은 향금이 민성과 함께 그 뒤를 따라 걷는 것이었다. 그들은 시시덕대며 가고 있었다. 전에 만나던 넷 가운데서 영준이 재석이 자리를 차지했을 뿐 그들은 변함없이 행복해 보였다.

순간 재석은 좌절했다. 허름한 교복을 입은 자신은 누가 봐도 미운 오리새끼임이 분명했다. 향금이조차도 세련되고 화려한 옷으로 치장을 한 것이 범접하는 것을 거부하는 것만 같았다. 분명히 집에서 돈을 대 주지 않고 아무것도 지원하지 않는다고 했는데 저렇게 화려하게 입고 가는 것을 보며 재석은 눈을 의심하지 않을 수 없었다. 보담이와 일행은 기획사 연습실로 들어갔다. 이를 보고 잠시 생각을 하던 재석은 민성에게 문자를 보내 불러냈다. 재석이 기다리는 편의점으로 민성이 들어왔다. 음료수를 하나씩 계산하고 컵라면 끓여 먹는 의자에 앉아 이야기를 나누었다.

"야, 어떻게 된 거야?"

재석의 따지는 듯한 말에 민성이 주눅 들어 대답했다.

"응, 보담이 계속 연습 다니고 보컬학원도 다녀. 향금이도……."

"야, 향금이는 엄마한테 카드 다 뺏기고 돈이 없다며. 무슨 돈이 있어서 그래? 그러고 보니까 옷도 비싸 보이던데."

"응, 그게 도와주는 사람이 생겼어. 기획사 사장이 애들이 돈이 없다고 하니까, 처음에는 향금이 때문에……."

민성이 자초지종을 털어놓았다.

향금이는 우태균에게 찾아가 울면서 이야기했다.

"사장님, 저는 집에서 엄마가 아무것도 보태 주지 않는대요. 돈 들어가는 건 뭐든 하지 말래요. 어떻게 해요? 도와주세요. 저 꼭 스타가 되고 싶어요. 으흐흐흐!"

우는 향금을 보자 우태균은 짐짓 안됐다는 표정을 지으며 말했다.

"아, 향금이 같은 애들 재능이 있는데 왜 그걸 몰라주시지? 집안형편이 어려워?"

"아주 부유하진 않아요. 아버지 엄마 모두 일하시거든요."

"연예계는 돈이 있어야 되는데…… 보컬도 트레이닝 받아야 되고 춤도 배워야 되고 성형수술도 해야 되고 옷도 사 입어야 되고……. 다 돈인데 어떡하지?"

향금은 매달렸다.

"사장님, 제가 최선을 다해서 열심히 할게요. 뭐든지 할게요. 사장님, 저에게 투자 좀 해 주세요, 제발요. 저 노예계약이어도 좋아요! 십 년 이십 년이라도 좋아요!"

향금은 그새 거의 맹목적이 되었다. 귀염성 있는 얼굴에 재능 있는 향금을 보며 우태균 사장은 이것저것 생각을 하더니 넌지시 물었다.

"그러면 향금아, 좋은 수가 있어."

"네? 뭔데요?"

향금은 지옥이라도 가라면 갈 태세였다.

"음 동대문에 가면 말이야, 박사장님이라는 분이 계셔. 박사장님이 빌딩 몇 개 가지고 있고, 본인도 옷장사 하시는데 한 달에 수입이 몇 억씩 되거든. 그분한테 내가 스폰서 좀 해 줄 수 있냐고 물어볼게. 옛날부터 재능 있는 연예인들 자기가 스폰서 해 주고 싶다 그랬거든. 스폰서 하나 있으면 옷이라든가 코디네이터, 스타일리스트 이런 거 다 해결되지."

꿈만 같은 이야기였다. 하지만 향금은 이내 스폰서가 그런 편의를 제공하고 얻는 대가가 뭔지 궁금했다.

"그러면 저는 뭘 해 드려야 해요?"

"뭘 해 주긴……. 스폰서 가오를 세워 줘야지. 스폰서가 돈을 내는데 가오라도 잡아야 되지 않겠어? 스폰서가 전화해서 딱, 야 너 와라, 그러면 스타가 된 다음에도 찍소리 않고 가는 거야."

"예? 그게 무슨 말이에요?"

"야 잘 들어 봐. 네가 지금 유명한 연예인이 됐다 이거야. 온 국민이 다 아는……. 그런데 이 스폰서가 자기를 과시하고 싶은 생각이 들 거 아냐? 사람들한테 야, 내가 말이야 예를 들어서 톱스타 이미나를 키웠어. 걘 내가 전화 한 통화만 하면 총알같이 와. 그러면 사람들이 믿겠니, 안 믿겠니?"

"안 믿죠."

"거봐. 다 안 믿는다고 그럴 거 아냐? 장사나 하고 빌딩 몇 채 있는 사장이 무슨 연예계를 알겠냐고. 그때 딱 전화 걸면서 스폰서가 야 미나야, 나 어디 어디 있는데 지금 시간 나면 좀 와. 그러면 정말 그 자리에 쫙 나타나는 거지. 그러면 사람들이 우와, 하고 놀랄 거 아냐. 그 맛에 스폰서 하는 거야. 뭐 대단한 게 아니야."

향금이는 생각해 보니 정말 그럴 것 같았다. 유명 연예인이 갑자기 나타나서 친구들에게 어깨를 으쓱하게 해 준다면 그건 스폰서에게 정말 멋진 일이 될 수도 있겠다는 생각이 들었다.

"그럼 제가 스타가 된 다음에 은혜를 갚으면 되는 건가요?"

"그렇지. 근데 그 스폰서도 마음에 들어야 해 주는 거 아니겠니? 아무나 해 줄 수는 없지."

"아, 네. 사장님 저 스폰서 소개해 주세요. 할게요."

그리하여 향금은 며칠 뒤 동대문의 박사장에게 우태균의 차를 타고 함께 갔다. 그 자리에는 보담도 함께 따라갔다. 보담이 스폰서를 원한 것은 아니었지만 향금의 단짝 친구임을 알기에 우태균은 함께 데리고 간 것이다.

동대문의 호텔 커피숍에 앉아 있던 스폰서는 우태균이 나타나자 반갑게 맞이하며 악수를 했다.

"어, 우사장 오랜만이야."

"사장님 반갑습니다."

자리에 앉자 박사장은 뒤에 서 있는 두 아이를 흘깃 쳐다보았다.

"지금 제가 키우는 아이들인데요. 한번 보세요. 스타일 괜찮죠? 고등학교 2학년인데요."

박사장이라는 자는 두 아이를 위 아래로 훑어보았다. 그런 시선에 익숙하지 않은 향금과 보담은 온몸에 벌레가 기어가는 느낌이었지만 참아야 했다.

"사장님, 향금이란 애는 스폰서가 좀 필요해요. 사장님께서 좀 스폰해 주시면 안 되겠습니까? 나중에 분명히 크게 될 아이인데요."

"어디 보자. 어 예쁘고 귀엽게 생겼어. 노래도 잘하나?"

"울트라 케이팝 3차까지 간 애에요 조금만 사장님이 밀어주시면……. 또 제가 거기서 푸쉬를 하면 금방 뜹니다. 훈련시키고 있는 중이거든요."

"좋아좋아. 뒤쪽에 있는 아가씨는?"

박사장이란 자는 사실 향금보다는 보담에게 관심이 있었다. 늘씬한 몸매에 고급스러운 얼굴, 그리고 은은히 배어나는 도도함까지……. 박사장은 자신도 모르게 회가 동하는 것을 느꼈다.

"아, 얘는 보담이라고 공부도 잘하고 똑똑한 학생입니다. 저희 연습생이에요."

"이 친구도 스폰 필요해?"

"해 주시면 좋죠. 근데 뭐 이 친구는 집안이 돈도 있고 괜찮아요."

그날 그들은 레스토랑으로 자리를 옮겼다.

"자 마음껏 먹어. 마음껏."

랍스터에 온갖 산해진미를 사주며 박사장은 우태균에게 호기롭게 말했다.

"내가 말이야, 한 달에 건물 임대료랑 하는 장사 다 하면 수입이 한 5억 되거든? 근데 까짓 거 뭐 내가 1년에 5억 정도 스폰을 할게. 한 달 정도 수입 안 들어왔다고 생각하면 돼. 그 대신 나중에 너희들 크면 내 은혜 갚아야 돼."

향금이는 꿈인가 생신가 싶었다.

"그래그래, 우리나라 대중문화 발전을 위해서 너희들이 노력을 많이 해야 된다."

기분이 좋아서 박사장은 연신 술을 들이켰다. 우태균도 옆에서 비위를 맞추며 눈을 찡긋찡긋했다. 이로써 스폰서가 확정되었기 때문이다.

"야, 뭐 해? 사장님 술 좀 따라 드리고 그래."

술 따르는 게 뭔지도 모른 채 향금이는 엉거주춤 일어나 박사장의 잔에 술을 따랐다.

그 이후 돈이 들어올 때마다 우태균은 보담과 향금에게 옷과 백, 구두 등을 사 주었다. 고등학생이 꿈도 꾸지 못할 고가의 사치품들을 만지며 보담과 향금은 황홀경에 빠질 수밖에 없었던 것이다.

그런 자초지종을 민성에게 듣자 재석은 도저히 믿어지지 않았다.

"나도 이 옷 향금이가 옷 고를 때 끼여서 얻어 입은 거야. 이게 다 여자친구 잘 둔 복이지, 헤헤. 내 그래서 말이야, 나중에 향금이가 연예인으로 뜨면 내가 로드매니저 해 주기로 했어."

"로드매니저?"

"응, 같이 다닐 거야. 재밌지 않냐? 그러면 연예인도 실컷 보고, 무대나 쇼하는 것도 구경하고 정말 좋을 거 같애. 무지하게 화려하잖아. 그리고 향금이가 요즘 노래 실력이 엄청 늘었어. 보컬 선생님이 칭찬이 대단해."

"야, 향금이 무슨 돈이 있어서?"

얼마 전까지 향금이가 카드 훔쳤다가 엄마에게 혼난 걸 기억하며 재석이 물었다.

"야야, 내 얘기 지금까지 뭐로 들었냐? 지금 보컬, 춤, 미용실, 코디 다 이거 스폰서가 대 줘. 학교 갈 때만 교복 입고 가지, 무대에 올라가면 바로 가수야."

상상도 할 수 없는 일이었다. 평범한 여고생인 향금이와 보담이 그러한 대접을 받는다는 것이.

"그러면 너희들 계약도 한 거야?"

"계약은 아무나 하는 건 줄 아냐 너? 나도 이 바닥에 대해서 좀 알아봤거든. 일단 연습생으로 좀 실력을 쌓고 음반을 내려면 곡을 받아야 돼. 스폰서가 나중에 돈 대 주면 그걸로 작곡한 곡도 사 가지고 음반 취입하는 거야. 돈이 엄청 들어가. 그러니까 실력이 진짜 좋거나 예쁘거나 막 이래야 되는 거야. 나도 몰랐어. 개나 소나 연예인 되겠다고 설치는 애들 정말 한심한 거야. 우리 향금이 정도 실력이 되어도 지금 간당간당하는데. 자, 내가 보여 줄게. 봐라 봐."

민성이 휴대전화를 열어 연습하는 장면을 찍은 동영상을

보여 주었다. 보담과 향금이가 거울 앞에서 춤추는 장면이었다. 바디라인이 그대로 드러나는 연습복을 입은 보담과 향금은 여인의 성숙함을 드러내 보였다. 음악에 맞춰 춤을 추는데 향금은 정말 재능이 있어 보였다. 액션 하나하나가 부드럽고 탄력 있었다. 반면에 보담은 아직도 뻣뻣한 게 누가 봐도 별다른 재능을 발견하기 어려워 보이는데도 열심히 노력하는 흔적은 있었다. 그걸 보면서 재석은 가슴 한편이 아릿하게 아파 왔다. 좋아하는 친구가 의외의 길로 고집스럽게 가고 있는 것을 지켜봐야 하는 슬픔과 아픔이었다. 난생 처음 겪어 보는 감정이었다. 지켜보고 있는 재석의 얼굴에서 슬픔이 배어나오자 민성이 눈치를 채고 재빨리 동영상을 껐다.

재석은 생각했다. 보담은 보담의 길이 있고, 자신은 자신의 길이 있음을 느낀 것이었다. 결별을 선언하길 잘했다는 생각도 들었다.

며칠 뒤 문예부실에서 혼자 있을 때 들어온 김태호는 재석에게 문득 물었다.

"재석, 여자친구는 잘 있냐? 개도 고2라고 했지?"

사실 김태호는 지나가는 말로 무심히 물었다. 하지만 재석은 그 순간 누구에게든 자신의 속을 털어놓고 싶었다.

"사실은 헤어졌어요."

"뭐? 벌써 실연이냐? 사연을 좀 들을 수 있을까?"

재석은 왠지 김태호라면 자신의 이야기를 들어줄 것 같았다. 한참을 보담에 대해 이야기하고 지금까지의 상황을 설명했다. 김태호는 고개를 끄덕이며 진지하게 듣더니 말했다.

"이 녀석. 너희 둘은 친구였다. 사귀고 말고가 어딨겠냐? 친구는 한참 뒤에 만나도 여전히 친한 거란다. 남자 여자 사이가 그렇게 단순하진 않아. 그렇지만 남자 여자도 얼마든지 우정을 나눌 수 있어. 상대방에 대한 배려가 있다면 말이야. 그러니까 옆에서 잘 지켜봐 줘라. 내가 볼 때 네 여자친구는 마음잡으면 또 다시 너랑 연락하고 만나게 될 거야. 그러니 너무 그런 거에 마음 쓸 거 없다. 《젊은 베르테르의 슬픔》에서 베르테르가 귀족들의 파티에 갔다가 평민이라는 사실로 모욕을 당한 뒤 한 일이 뭔지 아니?"

"아뇨."

책 읽는 걸 즐기지 않는 재석이 그런 걸 알 리 없었다.

"자기만의 장소에 가서 호메로스의 시를 읽었어. 호메로스는 베르테르 자기만의 기쁨이거든. 스피노자도 말했지 않니? 내일 지구의 멸망이 와도 나는 오늘 사과나무를 심겠다고. 그거 뭔 얘기겠어? 사과나무 심는 일은 자신의 일이야. 어떤 역경이 와도 자신의 일을 게을리 하면 안 된다는 거지. 자신의 존재의미니까."

"네, 선생님."

"그러니까 꿋꿋하게 너의 목표대로 힘차게 나가면 되는 거야."

김태호에게서 들을 수 있는 이야기는 거기까지였다. 시행착오를 겪어야만 더 큰 성장을 한다는 생각을 김태호가 하고 있었기 때문이다.

그날 민성에게 스폰서 이야기를 듣고 어둠이 짙게 내리고 찬바람이 부는 가로수길을 쓸쓸하게 걸어나오며 재석은 눈물을 흘렸다. 보담에 대한 그리움과 만날 수 없다는 억울함이 눈물이 되어 뺨을 적시는 거였다. 손등으로 눈물을 닦으며 재석은 이를 악물었다. 마음 한쪽에는 스폰서라는 것이 무언지가 여전히 궁금했다. 폼을 잡고 자신이 대단한 존재인 것처럼 보이고 싶다는 이유 하나만으로 연예인을 키운다는 사실이 아무리 해도 믿어지지 않았다. 그럴 만한 가치가 있는 일인지 봉식에게 물어봐야겠다는 생각이 들었다. 전화를 걸었지만 신호만 갈 뿐 받지 않았다. 바쁜 모양이었다. 우연이랄까 옆에 있는 카페에서 나오는 노래가 봉식이 형이 데리고 있는 걸그룹 브랜뉴의 노래 '스투피드 보이'였다. 자신의 심정을 대변하는 것만 같아 재석은 집에 오는 내내 우울했다.

그날 저녁 재석은 컴퓨터를 켜고 한 편의 글을 썼다.

오늘 선생님에게서 사과나무 이야기를 들었다. 선생님은 사과나무 심는 일이 자신의 일이기 때문에 자신의 일에 충실하고 역경이 와도 게을리 하지 말라는 것이었다.

하지만 나는 조금 생각이 다르다. 사과나무를 심는 게 자신의 일이라고 했는데 그러면 지구가 패망했는데도 사과나무를 심어야 한다는 말인가. 지구가 없어진 다음에 자신이 무슨 의미가 있을까.

대안이 없는 것 같다. 좋은 글은 대안이 있어야 한다고 했다. 내가 쓴 이 글도 대안이 있는가. 그러면 사과나무를 심지 않고 무엇을 한다는 말인가. 글쎄, 나 같으면 재빨리 높은 산에 올라가 온 세상을 눈에 넣어 놓을 것 같다. 지구의 마지막 날이라는 그날을 잊지 않기 위해.

다른 사람들은 무슨 일을 할까? 안 해 본 것을 하지 않을까? 지구의 마지막 날이라면 그날이 가기 전에 자신의 일상에서 벗어나 새로운 세계를 맛봐야 할 것 같다. 나는 내일 지구가 패망한다면 내가 가 보지 못한 곳을 마지막으로 가 볼 것 같다.

그러면 스피노자는 틀렸다. 평생 사과나무를 심었으면 못해 본 것을 해야 한다. 마지막 날이니까.

스폰서

사람의 감정에도 그런 것이 있는 것 같다. 기쁨이나 행복은 고급감정이라면 슬픔과 외로움은 저급감정인 것 같다. 슬픔에서 벗어나고 행복해지려 애쓰는 것을 보면 분명히 행복이나 기쁨은 고급이고 슬픔이나 외로움은 저급이다. 저급은 안 좋은 점이 있다. 기능이 떨어지고 쉬이 망가지기 때문에 또 다른 물건을 사거나 다른 부품으로 대체해야 한다. 슬픔이나 외로움은 그래서 술을 먹거나 담배를 피우게 만들거나 괴로움이라는 부작용이 동반하게 한다. 행복과 기쁨은 그 자체가 내 마음을 가득 채우는데 슬픔이나 외로움은 또 다른 저급품을 요구하는 것만 같다.

경기가 안 좋아서인지 크리스마스가 며칠 남지 않았는데도 거리는 썰렁했다. 그 흔한 캐럴조차 번화가에서나 조금 울려 퍼질 뿐이었다. 방학이 며칠 남지 않아 재석의 학교는 시간 때우느라 정신이 없었다. 번번이 특강이 잡혀 외부의 작가라든가 교육청 사람들이 와서 강당에 아이들을 모아 놓고 이것저것 강연을 했다. 대개 고등학생들의 주의력을 집중을 시키지 못하고 그저 와서 시간만 때우며 떠드는 사람들이어서 아이들은 대부분 자거나 딴짓을 했다. 지도감독을 하는 선생

님들만 왔다 갔다 하며 정신 차리라고 조는 녀석들을 지적하
긴 했지만 그때뿐이었다. 강사는 진땀을 흘리며 자기만의 강
연을 하고 시간이 되면 황황히 학교를 떠나갔다. 방학이 며칠
남지 않아 야간 자율학습도 흐지부지되는 상황이었다. 학교
에서도 굳이 아이들을 붙잡느라 애쓰느니 학원이나 사교육
으로 보내는 것이 훨씬 낫다고 생각했는지 일찍 보내 주었다.

"아주 좋은 글이다."

문예부실에서 글을 발표하는 시간에 김태호는 재석의 글을
칭찬했다. 급하게 글바다 잡문카페에 올린 지구 최후의 날에
대한 글을 출력해 읽었더니 보인 반응이었다.

"글이란 바로 이런 것이야. 아무도 하지 않았던 이야기를
하거나 자기만의 생각을 펼치는 것. 내가 스피노자에 대해서
이야기를 했더니 재석이는 이런 글을 써 왔다. 스피노자의 생
각이 자기와 맞지 않는다고 주장을 했지. 그러면서 자신은 어
떻게 하겠다는 대안을 제시했어. 평생 사과나무를 심었으면
한번쯤 다른 걸 해 보라고? 역시 멋진 생각이야. 인생에는 정
답이 없지 않냐? 그렇다면 얼마든지 자기 생각을 담은 글이
또 나올 수 있는 거지."

"선생님, 그러면 나는 실컷 여자들과 연애를 하겠다 이렇게
써도 됩니까?"

문예부원 한 녀석이 물었다.

"물론이지. 글에 무슨 제약이 있나? 다만 그렇게 쓰면 사람들이 웃고 말겠지? 감동이라든가 깨달음은 얻기 힘든 글이 될 거야."

"하긴요."

"다른 사람이 다 좋다고 하는 생각을 비판해 보는 것도 좋은 글이다. 물론 비판 뒤에는 대안을 제시할 수 있어야 돼."

합평이 끝나자 문예부 아이들은 모두 재석을 쳐다보았다. 재석이 그런 정도의 글을 쓸 줄은 몰랐기 때문이다.

"하지만 녀석아, 여기 있는 이 문장은 비문이잖나?"

김태호가 꼬집었다.

"비, 비문이 뭐예요?"

재석은 당황했다.

"문법적으로 틀려서 말이 안 되잖아. 여기 이 문장. 선생님은 사과나무 심는 일이 자신의 일이기 때문에 자신의 일에 충실하고 역경이 와도 게을리 하지 말라는 것이었다."

김태호는 한참 문장에 대해 이야기를 해 주었다.

"이 문장을 정리해 보면 '선생님은 게을리 하지 말라는 것이었다'가 되잖아. 내가 게을리 하지 말라는 것이냐?"

듣고 보니 어딘가 이상했다.

"이렇게 고치면 좋겠지. 선생님은 사과나무 심는 일이 자신의 일이기 때문에 자신의 일에 충실하고 역경이 와도 게을리 하지 말라는 뜻이라고 설명하셨다. 이러면 내가 설명한 게 되잖아."

병조가 그때 손을 들고 물었다.

"선생님. 스피노자 격언의 의미는 자신의 일에 충실하고 역경이 와도 게을리 하지 말라는 것이었다. 이건 어때요?"

"음 그건 좀 더 문장이 짧아졌구나. 더 좋아졌어."

그러자 여기저기서 아이들이 문장을 고쳤다.

"사과나무 심는 사소한 일도 충실히 하고 역경을 이겨내자. 이건 어때요?"

"선생님은 자신의 일에 충실하고 역경에 굴하지 말라는 뜻이라고 해석해 주셨다. 이건요?"

재석은 문장을 하나 고치는 일이 얼마나 다양하고 변화무쌍한 건지 비로소 알게 되었다. 아이들의 예시문을 다 잡아준 뒤 김태호는 또 재석의 글에서 지적을 했다.

"그리고 말이다. 패망이 뭐냐? 패망은 사전에 보면 싸움에 져서 망함, 싸움에 패하여 망하다 이런 뜻이야. 외계인이 와서 지구를 정복하면 이 말이 맞겠지. 여기서는 그냥 멸망이라고 써. 멸망은 국가나 민족 등이 망하여 없어지는 거니까 적

당하다."

그렇게 단어 하나도 정확하게 써야 한다는 사실을 재석은 다시금 깨달았다.

"글을 쓸 때 모르는 게 있으면 항상 사전을 찾아봐야 돼. 내 사전 한번 보여 줄까?"

김태호는 문예부 한쪽 지도교사 책상에 있는 낡은 사전을 꺼냈다.

"이게 내가 평상시에 쓰는 사전이야. 항상 궁금한 게 있으면 찾아보고 들춰 봐야 돼. 우리말을 바르게 지켜야 할 의무가 글 쓰는 사람들에게 있는 거다. 너희들은 미래의 작가를 꿈꾸기 때문에 우리말을 사랑하고 아껴야 한다. 자기가 관심이 있고 자기가 밥 벌어먹는 분야는 스스로 아끼고 개발하고 발전시켜야 돼. 남이 해 주는 거 아니다. 다시 글들 열심히 써라."

문예부 아이들이 다음 글의 합평을 할 때 재석은 자신의 글을 고치기 시작했다. 그날 문예부 합평이 끝난 뒤 재석은 김태호에게 물었다.

"선생님 이걸 이렇게 계속 고쳐야 돼요? 몇 번이나 고쳐야 해요?"

"이 녀석아. 수십 수백 번 고치는 거야. 퇴고라는 말의 유래도 모르냐? 퇴고?"

"네."

김태호는 갑자기 한시를 한 수 읊었다.

閑居隣竝少(한거린병소) 이웃이 적은 곳에 한가로이 지내는데

草徑入荒園(초경입황원) 풀숲 길은 황량한 들판으로 들어가네.

鳥宿池邊樹(조숙지변수) 새들은 연못가 나무에서 잠들고

僧敲月下門(승고월하문) 달빛 아래 스님은 문을 두드리네.

"이 시는 당나라의 가도라는 승려가 지은 시다. 여기에서 마지막 행 두 번째 글자인 '고(敲)'가 '두드리다'는 뜻인데, 여기에서 시인이 고민을 한다. 이 글자 자리에 민다는 뜻을 가진 '퇴(推)'를 쓸까 말까 결정을 못한 거지. 이걸 고민하면서 길을 가다가 그만 높은 벼슬아치의 행차를 범하고 말았다. 그래서 이 시인은 그 고관 앞에서 왜 이런 실수를 범했는지 밝혔다. 그러자 그 고관이 시를 듣더니 껄껄 웃으면서 말했어. 퇴보다는 고가 낫겠다. 그러면서 설명을 했지. 밤에 승려가 남의 집 문을 불쑥 밀고 들어가면 도둑 같기도 하고, 음침한 생각을 가진 것도 같으니까 당당하게 문을 두들기는 게 낫다고 한 거지. 그래서 두 사람은 그 뒤에 절친한 사이가 되었다.

이때부터 사람들은 원고를 거듭해서 고칠 때 퇴고라고 했어.”

김태호의 입에서 나오는 말들은 하나하나가 새로웠다. 글 하나 쓰는 데도 수없이 많은 고려사항이 있다는 것을 깨달으며 재석은 글이 사람의 삶을 다루기 때문에 그런 거 같다는 짐작을 어렴풋하게 했다.

학원 가기 전까지 시간이 좀 남은 재석은 집으로 향했다. 급할 것 없이 집으로 와 한잠 잔 뒤 학원을 다녀와서 밤에 공부하리라 생각한 재석은 계단 입구에서 택배기사를 만났다. 작은 박스 하나를 안겨 주고 택배기사는 얼씨구나 계단을 내려갔다. 보낸 이는 보담이었다. 사과 상자 정도 되는 박스가 재석이에게 배달되어 온 것이다. 문을 열고 들어가 아무도 없는 집 현관에 신발을 벗어 놓은 뒤 식탁 위에 박스를 올려놓고 칼을 꺼내 뜯었다. 보담이에게서 온 택배인 걸로 보아 크리스마스 선물일 수도 있겠다는 근거 없는 기대가 생겼다. 이걸로 화해를 하고 방학 때 다시 만나자는 의미일 수도 있다는 생각에 재석의 가슴은 벌렁벌렁 뛰었다.

황급히 박스를 열어 보니 편지봉투가 제일 먼저 눈에 띄었다. 안에 있는 물건들은 어딘가 낯이 익었다. 목걸이에 액자에 액세서리, 운동화 등등이 들어 있었다. 그것은 그동안 재석이 용돈을 모아 보담에게 주었던 선물들이었다. 등골에서 피가 쫙 거꾸로 흐르는 느낌이었다. 그동안 준 모든 선물을 돌려보낸다는 것은 무슨 의미일까. 재석은 싸늘해진 뇌리를 느끼며 편지를 뜯었다. 건조하게 프린터로 뽑아낸 편지 한 장이 들어 있었다.

재석아, 안녕? 보담이야.

공부 열심히 하고 잘 지내지? 나도 잘 있어.

이곳 기획사에서 재주는 부족하지만 최선을 다해 열심히 하고 있어. 땀을 흘리면서 열심히 하면서 조금씩 나아지는 나를 보고 있으면 너무나 기쁘고 즐거워. 나의 꿈을 향해 조금씩 나아가는 것 같아.

네가 나의 행동을 이해하진 못하겠지만 언젠가는 알게 될 날이 올 거야. 연예계에서 새로운 꿈을 발견했고 이 꿈이 나의 목표를 더욱 빨리 앞당겨 줄 거라는 생각이 들어.

기획사 사장님이 연습생을 하려면 신변을 정리하라고 하셨어. 그래서 그동안 네가 준 모든 선물을 보내. 열심히 공부하고 나중에 어른이 돼서 우리 즐거운 마음으로 만나.

그리고 부탁이 하나 있는데 그동안 나와 찍은 사진이나 나에게서 받은 선물들도 다 없애 주었으면 해. 친구로서 하는 부탁이야.

그럼 재석아, 열심히 공부하고 어머니께도 안부 전해 줘. 안녕.

건조하기 짝이 없는 편지였다. 가만히 생각해 보니 왜 선물까지 돌려보내야 하나 이유를 알 수 없었다. 민성에게 바로 전화를 걸었다. 잠시 후 민성이 받았다. 옆의 음악소리가 시끄러웠는데 멀어지는 것을 보니 아마 연습실에 있다가 바깥으로 나오는 것 같았다.

"아, 재석이냐?"

"너 어디야?"

"나 연습실."

"여전히 향금이 매니저 노릇하고 있냐?"

"뭐 그냥 그렇지 뭐."

"야, 보담이한테서 택배가 왔는데 이거 무슨 뜻이냐? 나랑 완전히 헤어지고 모르는 사람 되자는 거지?"

말을 하는 동안 재석은 속에서 부글부글 끓어오르는 분을 참으려 애를 썼다.

"아, 아냐. 야, 그렇게 생각하지는 마. 저기 있잖냐, 연예인 되면 옛날 사진 떠돌아다니고 옛날에 누구랑 사귀었네 어쨌네 그런 거 있잖냐. 그래서 신변을 정리하라고 사장님이 그러시더라고."

재석의 짐작이 맞았다.

"그럼 너는?"

"나도 그래서 향금이랑 친구라는 사이 안 밝히고 매니저 견습한다고 그러고 있어. 그리고 향금이한테 받은 선물 이런 거 다 돌려줬어. 사진도 다 지웠어 야."

"저, 정말이야?"

"그래, 너도 너무 오해하지는 마라. 아, 나 지금 바쁘거든. 나중에 통화하자. 미안하다, 재석아."

민성이 전화를 끊었다. 넷이 친하게 지내다 셋은 뭉쳐 있고 자신만 따돌림당하는 느낌이어서 재석은 견딜 수가 없었다. 성질 같아서는 보담이 보내온 모든 물건들을 다 집어던져야 속이 풀릴 것 같았지만 그래도 한때 정성으로 사서 모아 전해 주었던 선물들이었다. 신발은 여러 번 신었는지 밑창이 제법 닳은 흔적도 있었다. 테이프를 꺼내 재석은 다시 박스를 그대로 포장했다. 그리곤 휴대전화를 꺼냈다. 보담과의 추억이 담긴 사진들을 하나씩하나씩 꺼내 보며 지우기 시작했다. 놀이공원에 갔던 것, 오가다 찍은 사진, 함께 찍은 셀카 모두 삭제버튼에 의해 하나씩 지워져 갔다. 사진 하나를 지울 때마다 재석의 눈에서는 눈물이 떨어졌다. 어느 순간 울고 있는 자신을 발견한 재석은 중얼거렸다.

"야, 정신 차려! 짜식아, 너에게는 목표가 있잖아."

있는 사진을 한꺼번에 다 지워 버렸다. 사진은 지울 수 있을지 모르지만 기억은 지울 수 없다는 생각을 하며 재석은 눈물을 머금었다. 컴퓨터를 켜서 깔아 놓았던 사진도 지웠다. 그것이 그래도 한때 사랑했던 보담이를 위해 해 줄 수 있는 최선의 선물이라는 생각이 들었다. 폴더를 통째로 지우며 재석은 한숨을 내쉬었다. 이제 재석에게 남은 것은 대학을 가서 자신의 뜻을 이루고자 하는 비전 하나뿐이었지만 혼자 해 낼 수 있을지 자신이 없었다. 무릎 사이에 얼굴을 파묻은 재석은 흐느꼈다. 허전한 가슴과 미어지는 듯한 아픔은 처음 겪는 것이었다. 이것이 이른바 실연의 아픔인 셈이었다. 흐느껴 울며 재석은 세상에 자기만 남겨진 허전함과 외로움을 겪어야만 했다.

얼마나 지났을까 눈을 떠 보니 창밖은 어둑어둑해져 있었다. 깜빡 잠이 든 거였다. 그래도 머릿속은 맑았다. 마지막으로 부라퀴와 이 문제를 이야기해 봐야겠다는 생각이 들었다. 다짜고짜 부라퀴 집을 향해 재석은 집을 나왔다.

부라퀴네 집의 경비원에게 이야기를 하자 인터폰을 연결해 주었다. 살림해 주는 아줌마는 마침 집에 있었다. 문을 열어 주어 엘리베이터를 타고 집에 들어가자 부라퀴만 휠체어에 앉아 벽난로 앞에서 여유로운 시간을 보내고 있었다.

"할아버지, 안녕하세요?"

"그래. 재석이 왔냐?"

힘없는 목소리였다. 집 안 분위기가 썰렁했다.

"보담이는 아직 안 들어왔죠, 할아버지?"

"보담이 요즘 밤늦게 들어온다."

부라퀴의 말투는 지친 기색이 역력했다.

"연예계 간 것 때문에 속상하시죠?"

"그래, 어쩐 일로 보담이 말을 듣지 않는다. 자기에게 꿈이 있다는구나. 연예인이 되어서 사회복지를 좀 더 잘 실현할 수 있다고 하니 뭐라 할 말이 없다."

"네? 그게 무슨 말이에요?"

"자기가 유명해지고 전 세계적인 스타가 되면 더 큰일을 할 수 있다는 거야. 내가 그렇게 누누이 이야기를 했건만……."

"할아버지, 안 그래도 저에게 그동안 받은 선물을 다 돌려보냈어요. 그러면서 저에게도 받은 선물을 다 없애고 사진도 지우라고 하더라구요."

부라퀴는 아무 말도 하지 않았다. 손녀딸을 더 이상 컨트롤할 수 없는 무기력한 노인의 모습이 보일 뿐이었다.

"재석아, 내가 한마디만 해 주마. 사필귀정이라는 말이 있다. 모든 일은 반드시 올바르게 잡힌다는 거지. 재석이 네가 나에게 와 가지고 이렇게 공부하는 학생이 되지 않았느냐?

그것은 네가 원래 이렇게 바르게 될 사람이었기 때문이야. 너도 잠시 방황했지만 결국 나에게 왔듯이 보담이도 곧 제자리를 잡을 거라고 믿는다. 어려서부터 얌전하고 주위의 기대만 받던 아이 아니겠느냐. 그 기대를 받아 가며 사춘기에 어려움을 이겨 내다 결국은 저런 식으로 터진 거라고 나는 생각한다. 아비, 어미도 지금 사이가 나쁘고 집 안이 온통 분위기가 뒤숭숭하다. 하지만 참고 기다릴 수밖에 없지. 억지로 꺾어 비틀면 더 반항하는 게 아니겠니?"

"네."

"재석이 너에게 할 말이 없다. 굳이 한마디 덧붙이자면, 나중에 보담이 정신 차렸을 때 재석이 네가 멋진 사나이가 되어 있었으면 한다. 이 말밖에 내가 해 줄 말이 없구나. 늙은이들은 세월을 친구 삼아, 세월에 떠밀리며 사라지는 거니까."

"고, 고맙습니다."

보담이의 마음이 멀어지자 재석이를 보는 보담이 할아버지와 식구들의 시선도 싸늘하게 식은 것만 같았다. 초고층 주상 복합 아파트에서 내려와 밤길을 걸으며 재석은 찬바람이 옷깃을 스치며 들어오는 것조차 느낄 수 없었다. 아파트 입구에는 초대형 크리스마스트리가 신난다는 듯 빛을 발했지만 그 화려함 옆을 지나가는 재석이의 쓸쓸함은 더 부각만 될 뿐이었다. 담배도 피고 싶고 술도 마시고 싶었지만 재석은 식당에서 혼자 허둥대며 일을 하고 있을 엄마 생각에 발걸음을 식당으로 향했다. 설거지와 청소로 단순노동을 하면 복잡한 머리가 조금은 정리될 것 같기도 했다.

식당에 도착해 막판 설거지를 끝내고 나니 그나마 마음이 차분해지며 수첩을 꺼내 들 정신적 여유가 생겼다. 재석은 싱크대 앞에 그대로 주저앉아 머리에 떠오르는 대로 곧장 적어 내려가기 시작했다.

이 세상에는 고급과 저급이 있다. 백화점에 가보면 아주 비싼 고급품부터 싼 저급품이 있다. 고급은 사람들을 행복하게 저급은 불행하게 하는 것일까? 아니면 고급은 많은 기능을 가지고 있고, 저급은 적은 기능을 가지고 있는 것일까. 어떠한 이유든 이 세상에는 최고급부터 최저급까지 있다.

사람의 감정에도 그런 것이 있는 것 같다. 기쁨이나 행복은 고급감정이라면 슬픔과 외로움은 저급감정인 것 같다. 슬픔에서 벗어나고 행복해지려 애쓰는 것을 보면 분명히 행복이나 기쁨은 고급이고 슬픔이나 외로움은 저급이다. 저급은 안 좋은 점이 있다. 기능이 떨어지고 쉬이 망가지기 때문에 또 다른 물건을 사거나 다른 부품으로 대체해야 한다. 슬픔이나 외로움은 그래서 술을 먹거나 담배를 피게 만들거나 괴로움이라는 부작용이 동반하게 한다. 행복과 기쁨은 그 자체가 내 마음을 가득 채우는데 슬픔이나 외로움은 또 다른 저급품을 요구하는 것만 같다.

　내 감정도 지금은 저급한 감정으로 가득 차 있다. 고급품이 이 세상에 흔치 않듯이 기쁨과 행복도 정말 흔하지 않은 것 같다. 대부분의 사람들은 저급품을 가슴 속에 늘 품고 사는 것 같다. 슬픔과, 외로움, 고독 그리고…… 자괴감.

크리스마스를 지나 연말까지 재석의 마음은 짙은 구름이 가득 껴 있었다. 엄마가 눈치를 챘지만 아무 말도 하지 않는 것을 보고 재석이 역시도 엄마에게 굳이 이야기하지 않았다. 시간이 나면 엄마 식당에 나가 두어 시간씩 설거지를 하고 청소하는 것이 정신건강에도 도움이 되었다.

　12월 31일. 한 해가 또 간다고 시내는 약간 들떠 있었다. 그 들뜸은 크리스마스 때와는 또 달랐다. 엄마도 대목이니까 마지막 순간까지 열심히 일해야 한다며 손님들을 받았다. 식당에는 와인을 즐기는 사람들의 예약이 있었다. 재석은 빈 자리 없이 돌아가는 엄마의 식당을 위해서 열심히 잔심부름을 하며 서빙도 도왔다. 젊은이와 중년의 사내들이 테이블 이곳저곳에서 한 해가 가는 것을 섭섭해하며 와인 잔을 기울일 동안 재석은 열심히 설거지를 했고 빈 테이블을 닦았다. 옆의 식당들은 대목이라고 가격을 올렸지만 엄마는 그럴 수 없다며 평상시에 받던 대로 가격을 받았다. 그래서인지 식당 밖에는 서서 기다리는 사람이 있을 정도였다. 알음알음으로 엄마의 식당은 이름이 알려져 있었던 것이다.

열 시가 넘어 식당에는 이제 마지막 손님들이 남아 있을 때였다. 갑자기 재석의 휴대전화가 울렸다. 한 손으로는 행주질을 하며 앞치마에 넣어둔 휴대전화를 받으니 다급한 목소리가 들렸다.

"재석아, 도와줘! 무서워!"

낯선 번호에서 들리는 것은 보담이의 목소리였다.

"왜 그러는 거야? 무슨 일이야?"

"도와줘! 스폰서가……."

"뭐? 스폰서가? 어디야 무슨 일인데?"

마음이 황급해져서 물었지만, 재석이 안에 있는 또 다른 목소리는 이미 헤어졌는데 무슨 상관이냐며 귀에서 속삭이는 것만 같았다.

"여기 청담동 아그네스야. 스폰서가 자꾸 이상한 짓을 해. 재석아 도와줘!"

그 순간 전화는 끊어졌다. 다시 전화를 걸었지만 신호는 가지 않고 전화기가 꺼져 있다는 음성만 나왔다. 갑자기 머리털

이 곤두선 재석은 엄마에게 말했다.

"엄마 잠깐만요! 밖에서 전화 좀 하고 올게요."

바쁜 와중에 재석은 가게 바깥으로 뛰어나가 골목에서 민성에게 전화를 걸었다. 민성의 전화도 통화가 되지 않았다. 향금이에게도 전화했지만 향금이의 전화는 이미 결번이었다. 가만히 생각해 보니 과거에 쓰던 전화번호를 모두 바꾸도록 한 것 같았다. 향금이와 보담이 다른 전화를 쓰는 것이 분명했다.

"아그네스가 대체 어디란 말이야? 아그네스가!"

순간 재석은 봉식이 형이 떠올랐다. 봉식이 형이라면 아그네스를 알 것 같았다. 몇 번을 전화해도 봉식이 형은 전화를 받지 않았다. 일 분이 십 분 같고 한 시간 같은 초조한 시간이 흘렀다. 일단 가게로 들어간 재석은 옷을 갈아입으며 엄마에게 말했다.

"엄마 좀 나갔다 올게요."

"그래라."

가게가 바빴지만 엄마는 고개를 끄덕였다. 아들이 황급히 나가는 것을 보며 뭔가 사연이 있을 거라 생각했기 때문이다. 엄마는 백팔십 도 달라진 재석을 보며 이제는 또 다른 사건이 벌어지지 않을 거라 굳게 믿고 있었지만 왠지 마음 한쪽은 늘 불안했다.

재석이 식당을 나서는 순간 휴대전화가 울렸다. 봉식이 형이었다.

"응, 재석아. 형이 좀 바빴다. 어쩐 일이냐 형이 지금 행사가 좀 많아 가지고……."

옆에서 여자들이 떠드는 소리가 들렸다. 아마 연말연시라고 걸그룹들을 데리고 황급히 이동하는 모양이었다.

"형 뭐 하나만 물어볼게요. 연예인 스폰서가 뭐 하는 거예요? 형, 내 여자친구가 지금 잔뜩 겁먹은 목소리로 무섭다고 도와달래요. 스폰서랑 있대요."

"야, 걔네들 고등학생들 아냐? 연예인 한다고 그랬었어?"

봉식이 형의 목소리가 조금은 격앙되었다.

"네 기획사에 들어갔어요."

"누군데, 사장이?"

"우태균이에요."

"우태균? 쓰레기 우태균? 그 자식 그거 순 양아친데 그 기획사에 들어갔단 말야? 계약은 안 했지?"

"아니요, 그냥 연습생이에요."

"연습생인데 벌써 스폰서 붙었다고? 이상하네. 그래서?"

"지금 도와달래요. 급한 일인가 봐요. 청담동 아그네스래요."

"아그네스? 아 거기 그런 자식들이 많이 가는 곳이야. 재석아, 내가 지금 설명하긴 힘들고 전화번호 찍어 줄 테니까 찾아가 봐라."

"고마워요 형."

통화를 하다 보니 재석은 문득 도대체 스폰서가 뭐길래 이 난리인가 싶었다.

"형 스폰서가 뭐 하는 건데요?"

"야 그거 위험한 거야. 여자애들 연예인 하겠다고 그러면 돈 좀 대 주고서는 못된 짓 하는 거야. 옛날에 너 장소민이라고 들어 봤지? 인터넷 검색해 봐. 형 바빠서 끊는다. 야, 그리고 사고 치지 말고 잘 해결해."

봉식은 전화를 끊었다. 그리고 잠시 후에 아그네스의 전화번호가 문자로 떴다. 재석은 전화번호 검색으로 아그네스의 위치를 찾아냈다. 택시를 잡아탄 뒤 재석은 아그네스의 주소를 불러 주었다. 택시기사는 혼잡한 연말의 마지막 날의 밤거리를 질주했다.

차 안에서 검색을 해 보면서 장소민에 대해서 재석은 자세히 알게 되었다. 연예인으로 성공하기 위해서 성의 노리개가 된 장소민의 스토리를 읽은 순간 눈에서 불똥이 튀기 시작했다.

스스로 목숨을 끊은 탤런트 고(故) 장소민이 술 접대와 성상납에 관련해 쓴 일기가 공개돼 우리 사회에 파문을 던지고 있다. 5일 밤 인터넷 포털 '사회비리'에 따르면 장소민은 2004년부터 2006년 목숨을 끊을 때까지 자신의 비참한 삶을 일기로 기록했다. 이 일기에는 자신이 연예인으로 생활하면서 겪은 애환이 가감 없이 적혀 있었다. 장소민은 수십 차례에 걸쳐 스폰서를 포함한 연예기획사 관계자는 물론 언론사, 대기업, 정관계 인사 등에게 접대를 했고 성적인 노리개가 되었다고 일기에 밝혔다. 그들의 이름은 시간과 장소와 함께 일기에 생생하게 기록되어 있었다.

일기에서 장소민은 이렇게 적었다.

"나에게 스폰서가 되었다며 돈을 주거나 옷을 사 준 자들은 모두 악마들이다. 그들은 대가를 요구했다. 나의 개인생활은 아예 없었다. 수시로 불러내 접대를 시켰다. 그리고 2차를 갔다. 이 일기에 적힌 자들에게 복수를 해야만 저승에서도 나의 분이 풀릴 것이다."

현실에서는 차마 밝히지 못하는 고인의 억울하고도 절절한 심정이 그대로 드러나 눈시울을 적신다.

이에 포털 '사회비리'는 일기가 본인이 직접 쓴 것인지 알아보기 위해 필적감정을 의뢰했으며 장씨의 필체임을 확인한 것으로 밝혀졌다. 하지만 장씨의 연예기획사인 하모니닷컴 김모 대표는 이 사실을 전면 부인했다. "한두 차례도 아니고 수십 차례 그런 일이 있었다면 왜 중도에 거부하지 못했겠느냐"며 의혹을 제기했다.

"이, 이런!"

관련기사는 수도 없이 많았다. 사실 여부를 떠나 얼마나 억울했으면 젊은 여자가 자살했을까를 생각하니 재석은 미칠 것만 같았다. 달리는 차 안에서 뛰고픈 심정으로 택시기사만 채근했다.

"아저씨! 빨리요!"

연말을 맞은 강남은 그야말로 주차장을 방불케 했다. 결국 아그네스에 훨씬 못 미쳐 택시를 세운 재석은 미친 듯이 뛰었다.

이면도로에 있는 아그네스는 고급 룸살롱이었다. 고등학생 신분인 자신이 룸살롱에 들어갈 수 있을지 없을지 알 수 없었다. 정문 입구에는 양복을 뽑아 입은 웨이터들이 화려한 네온조명을 뒤로 하고 손님을 맞이하는 것이 보였다. 입은 복장 그대로 들어가면 분명히 걸릴 것이 확실했다. 건물을 한 바퀴 돌자 뒤쪽으로 주방으로 들어가는 문이 보였다. 살짝 열려 있는 주방문 안으로는 부리나케 음식을 준비하고 만드는 사람들이 보이는 것이었다. 동태를 살핀 재석은 태연하게 주방 문을 열고 들어갔다. 주방 직원들이 칼질을 하고 술을 준비하고 있는 사이로 지나갔지만 아무도 재석을 눈여겨보지 않았다. 좀 더 안으로 들어가자 양옆으로 복도에 문이 있는 룸살롱의 화려한 실내가 펼쳐졌다. 보담이 있는 곳이 몇 호실인지 알 수가 없었다. 그 순간이었다. 민성이 한쪽 방문을 열고 나오는 것이 보였다.

"민성아!"

"어, 재, 재석아! 네가 어, 어떻게……."

민성이의 얼굴은 파랗게 질려 있었다.

"야, 보담이랑 향금이 어딨어?"

"그, 그게 재석아."

민성이 눈물을 흘리며 갑자기 무너져 내렸다.

"빨리 말해 봐, 임마!"

"지금 룸에 들어갔어. 스폰서 박사장하고 그 친구놈들이……."

"뭐? 그래서?"

"어떡하면 좋으냐! 애들 으어엉!"

말 안 해도 알 것 같았다. 재석은 보담과 향금이 있다는 난초실을 확인한 뒤 좌우를 살폈다. 이대로 무작정 들어갔다가는 안의 상황을 알 수 없었기 때문이다.

"야, 안에 누구누구 있어?"

"안에 박사장하고 우태균하고 김충호하고 기획사 사람들하고 향금이랑 보담이랑 연습생 애들이 와서 춤추고 노래하는데 오늘밤에 같이 가야 된대."

"어, 어디를?"

"2차를……."

장소민의 기사를 읽어 2차가 뭘 의미하는지 정도는 아는 재석이었다. 눈에서 불꽃이 튀는 느낌이었다.

"야, 너 내가 문 박차고 들어가면 그 방 스위치부터 꺼 버려. 그 담은 내가 알아서 할 테니까. 아이들만 데리고 주방 쪽으로 도망가!"

"괘, 괜찮겠어?"

"새끼야, 내가 한때는 스톤의 짱을 먹으려던 놈이야. 저런 자식들한테 내가 호락호락 안 당해."

"너 주먹 안 쓴다고 맹세했잖아."

"지금이 그런 거 따질 때야?"

복도 한쪽 구석엔 붉은색으로 칠한 소화기가 눈에 띄었다. 재석은 소화기를 거칠게 몇 번 위 아래로 흔든 뒤 핀을 뽑았다. 그리고는 레버를 잡은 뒤 음악이 요란한 난초실 문을 박차고 들어갔다. 밴드가 음악을 연주하고 있었고 술판이 거나하게 벌어져 있었다. 보담이와 향금이가 한쪽에 쪼그리고 앉아 어쩌지 못해서 꿔다 놓은 보릿자루처럼 앉아 있는 것이 보였다. 야한 옷을 입고 술을 따르는 건 술집의 접대부였다. 그 옆에서 오들오들 떨고 있는 몇 명의 연습생들도 보였다.

"뭐야! 너 누구냐?"

실내 깊숙한 곳에는 술에 취해 담배를 피워 대는 스폰서 박사장과 우태균 그리고 그 친구들 몇몇이 눈에 띄었다. 마이크를 잡고 춤추는 녀석은 영준이었다.

"보담아! 향금아! 나와! 빨리!"

재석이 벼락같이 소리 지르자 민성이 방 안 스위치를 껐다. 칠흑같이 어두워지자 순간 재석은 소화기 레버를 힘껏 눌렀다. 요란한 소리와 함께 분무액이 뿜어져 나오며 실내를 가득 채웠다.

"잡아! 저 자식 누구야!"

술잔과 병이 깨지는 소리가 나는 동시에 보담과 향금이는 민성이가 잡아 이끄는 대로 문 밖으로 빠져나가 뛰었다. 재석의 말대로 곧장 주방을 향해 달려갔다. 아이들이 도망갈 시간을 벌기 위해 문 앞에서 버티는 재석의 실루엣만 보면서 방안의 패거리는 덤볐다.

"너 이 자식!"

어둠 속에서 무더기로 덮쳐 들어오는 녀석 가운데 맨앞은 영준이었다. 녀석의 그림자를 향해 재석은 그대로 주먹을 날렸다. 정통으로 안면을 맞은 영준은 나가떨어졌다.

"보담이한테 껄떡댄 값이야!"

"이눔의 자식!"

박사장은 상 위의 양주병을 집어던졌다. 취한 자가 집어던지는 양주병이 정확히 날아올 리 없었다. 요란한 소리와 함께 벽에 맞아 깨지면서 방 안에 온통 양주의 오크냄새가 진동했다. 그 뒤에 재석을 덮치는 건 우태균이었다. 재석의 멱살을 잡으려고 사정거리 안에 들어오자 재석은 왼무릎을 먼저 올렸다가 내려오는 반동으로 오른발 하이킥을 날렸다. 가슴을 정통으로 맞아 술상 위로 나가떨어지는 우태균을 바라보며 재석은 뒤돌아 문을 닫고 줄행랑을 쳤다.

"너희들 뭐야?"

그제야 밖에 있던 웨이터들과 어깨들이 복도 저 끝에서 쫓아 들어오는 걸 보며 재석은 주방을 가로질렀다. 발에 걸리는 바구니와 과일박스가 부딪혀 제멋대로 나뒹굴었다. 주방 바깥으로 빠져나왔을 때 이미 민성이와 보담이, 향금이는 대로를 향해 50미터 쯤 앞에서 뛰어가고 있었다. 하이힐을 벗어

던진 두 여자애가 맨발로 뛰는 게 보였다.

"민성아, 뒤도 돌아보지 말고 뛰어!"

정작 말은 그렇게 하고 재석이 돌아보니 웨이터들과 어깨들이 큰 덩치를 흔들며 달려오는 것이었다. 길 가던 사람들이 놀라 좌우로 비켜서며 비명을 질렀다.

재석은 시간을 벌어야만 했다. 보담이 일행이 안전히 빠져나가려면 바로 뒤에 따라오는 녀석을 처치해야만 했다. 도망치는 속도를 줄이자 날렵하게 생긴 양복 입은 어깨가 바로 코앞까지 달려왔다. 숨소리가 바로 등 뒤에서 들릴 무렵 재석은 멈춰서면서 보지도 않고 주먹 쥔 팔을 뒤로 휘둘렀다. 오른쪽 주먹에 정통으로 녀석의 면상이 박히는 게 느껴졌다.

"어억!"

그야말로 얼굴은 재석의 주먹에 걸려 정지하고 다리는 계속 달려오는 형국이 되었다. 허공에 붕 떴다 떨어진 사내는 그대로 정신을 잃었다. 실전에서 수없이 익혔던 재석의 필살기였다. 대개 도망치는 상대에게는 경계심을 풀면서 쫓아오다 그대로 당하기 십상이었다. 달려오던 힘까지 가중된 주먹이기에 그 충격은 가공스러울 정도였다.

"너 이 자식!"

바로 두 번째 사내가 재석을 잡으려 팔을 벌리고 덤볐다.

그 순간 재석은 더킹으로 허리를 숙여 그 덩치를 받아 넘겼다. 이어서 난투극이 벌어졌다. 재석은 지형지물을 최대한 이용했다. 옆의 쓰레기봉지를 집어던지자 봉지가 터져서 국물과 악취가 거리에 진동했다. 오랜만에 써보는 몸이었지만 근육들은 싸움의 기술을 정확히 기억하고 있었다. 그리고 친구들을 위해서 쓰는 주먹이었기에 더욱 화려했다. 미친듯이 주먹을 휘두르고, 허공에 뛰어올라 발길질을 날리며 달려오는 녀석들의 복부며 얼굴을 사정없이 걷어찼다.

하지만 아무리 덩치가 크고 몸이 단련된 재석이라지만 나이트클럽에서 무게를 잡으며 영업관리를 하는 어깨들을 오래도록 당해 낼 수는 없었다. 몇 놈 걷어찬 뒤 골목을 향해 빠져나가려다 거리의 행인에게 부딪히고 말았다. 비틀거리며 쓰러지려는 순간 다른 웨이터 녀석에게 걸렸다. 녀석은 주먹을 들어 재석의 배를 가격했다. 내장 깊숙이 꽂히는 주먹에 창자가 끊어지는 느낌이었다.

"욱!"

재석이 쓰러지자 발길질이 빗발치듯 쏟아져 내렸다.

"죽여!"

"이 짜식이 겁대가리 없이!"

몸을 최대한 웅크리며 기도와 웨이터들의 주먹과 발길질을 받아내면서도 재석은 내심으로 미소 지을 수 있었다. 보담이와 향금이, 그리고 민성이를 구해 낼 수 있었으니 자기는 아무래도 좋다는 생각이었다. 연이은 구타에 정신이 혼미해져 갈 무렵 경찰차 소리가 흐릿하게 들려왔다. 그리곤 곧바로 정신을 잃고 말았다.

돌아온 재석이

하지만 멈춰 선 상태에서 세상을 보는 것도 나쁘지 않다. 남들이 얼마나 빨리 달려가는지 알 수 있기 때문이다. 어지러울 정도다. 멈춰 선 상태에서 달리는 사람들을 보니 마치 고속도로에 고장 난 자동차가 쌩쌩 지나가는 자동차들을 보며 달리고 싶어 하는 것 같다. 하지만 나는 생각한다. 왜 굳이 달려야 하나. 모두 달린다고 내가 달려야 하는 걸까.

달콤한 음악에 재석은 눈을 떴다. 사방은 온통 하얀색이었다. 여기가 어딘지 재석은 얼핏 기억이 돌아오지 않았다. 고개를 돌리니 옆에는 보담이 앉아 《분노의 포도》를 읽고 있었다. 그러자 아까 문병을 왔던 보담이 기억이 났다.

"일어났어?"

보담이 옆에서 아는 체를 하더니 옆에 있는 생수병에서 물을 따라 입에 대 주었다. 강남에 있는 굴지의 종합병원 1인실을 쓰고 있는 재석이었다. 아까 오전에 문병을 온 보담이

12시가 넘었는데 아직 가지 않고 기다려 준 것이었다.

"아직 안 갔어?"

"응, 나 오늘 하루 종일 너 옆에 있을려구."

여자친구가 옆에서 하루 종일 있어 준다는 말에 기분 나쁠 남자는 아무도 없었다.

"그 책은 전에 읽던 거 아나?"

"으응.《분노의 포도》읽다가 말아서……."

"재미있어?"

"읽을 만해."

보담이는 소설의 내용을 이야기해 주기 시작했다.

미국에 경제 불황이 닥치자 오클라호마에서 농사를 짓던 조드 가문은 약속의 땅인 캘리포니아로 떠난다. 긴긴 고난의 여행을 하는 동안에 할아버지 할머니가 숨을 거두어도 매장도 못한 채 시체를 차에 싣고 간신히 캘리포니아에 도착한다. 이미 거지가 된 그들을 기다리는 건 냉혹한 현실뿐이었다. 미국 곳곳에서 떠돌이들이 몰려와 일자리는 부족하고, 그나마의 임금도 대지주들의 마음대로 깎여 온 식구가 일해도 입에 풀칠하기가 어렵다. 이때 이들의 가슴 속에는 분노가 포도처럼 송이송이 맺힌다.

"아하, 그래서 책 제목이 분노의 포도구나."

"응. 우리가 먹는 그런 포도가 아닌 거지. 그리고 포도농장은 나오지도 않아. 그냥 달콤한 포도를 실컷 먹고 싶다는 이야기만 나와. 한 마디로 포도가 가득한 이상향(理想鄕)인 거야."

"그래서 어떻게 돼?"

"불만이 쌓인 농민들이 파업을 하게 돼. 그러니까 이걸 진압하려고 지주들이 깡패들을 고용해. 그렇게 대립을 하다가 파업 지도자인 짐 케이시 목사가 죽게 돼. 그러니까 조드 가문의 맏아들인 톰 조드가 돌발적으로 분노를 터뜨려서 자경단의 곡괭이 자루를 빼앗아 휘둘렀다가 사람이 죽어."

보담이 그 대목을 읽어 주었다.

"세상에 조지. 저 자식 죽었나 봐."

"저놈한테 불 비춰 봐. 저런 개자식은 죽어도 싸."

톰은 목사를 내려다보았다. 빛이 뚱뚱한 사내의 다리와 흰 곡괭이 자루를 스치고 지나갔다. 톰은 재빨리 몸을 날려 몽둥이를 나꿔챘다. 처음에는 빗나가서 몽둥이가 어깨를 때렸다는 것을 알 수 있었지만 두 번째에는 머리를 제대로 맞혔다. 그 뚱뚱한 사내가 풀썩 쓰러지는 동안 그는 머리에 세 번 더 몽둥이를 날렸다.

"참다 참다 터진 거구나."

"그렇지. 쥐도 도망갈 곳을 보고 쫓으랬는데. 아무리 선량한 사람도 자기가 좋아하는 사람이 억울하게 죽는 걸 보면 그렇게 되나 봐."

재석은 다시는 주먹을 쓰지 않기로 결심했다가 보담이와 향금이를 위해 결국 싸움을 벌여 병원에 입원까지 하게 된 자신의 입장이 소설책 이야기와 비슷하다고 느꼈다.

"요즘처럼 빈부의 격차가 심하고 가난한 사람들이 많아지는 상황을 보고 있으면 이 소설이 다룬 내용이 아직도 진행 중이고 전혀 해결되지 않았다는 생각이 들어. 한참 전의 경제 공황이 배경인데도 요즘 이야기만 같아."

보담이의 말이 잘 이해는 되지 않았지만 연예인이 되겠다고 나서는 아이들이 많다는 건 그만치 화려한 삶을 살며 쉽게 돈을 벌어 부자가 되고 싶다는 사람들의 생각을 반영한 것만 같았다.

"그 뒤에는 어떻게 돼?"

"몰라. 아직 다 안 읽었어."

"다 읽고 말해 줘."

"알았어."

조리 있게 자신의 느낀 점을 이야기해 주는 보담의 입술을 보면서 내용보다는 그 입술의 움직임에 취하는 재석이었다. 병원에 입원한 지 일주일이 넘어가고 있었다. 창밖으로는 눈이 내리고 있었다.

룸살롱에서 보담과 민성 그리고 향금이를 보내고 나서 재석은 사정없이 두들겨 맞았다. 그때 연말연시 특별순찰기간이라고 순찰하던 경찰차에 가서 민성이 신고하지 않았다면 재석은 어찌 될지 알 수 없었다. 정신 잃은 재석을 끌고 룸살롱으로 들어가려는 것을 경찰관들이 다가와 제지했다.

"이봐요! 거기 왜 그래? 무슨 일이야?"

경찰관이 다가오자 룸살롱의 기도들은 다가가 아는 체를 했다.

"에이, 신경 쓰지 마세요. 영업 방해하는 녀석이에요. 순 깡패 쓰레기에요."

누가 누구를 깡패라고 하는지 알 수 없었지만 그때 민성이 말했다.

"아니에요. 아저씨 쟤는 그냥 고등학생이에요. 우리 구해 주러 온 거예요. 저 사람들이 어린애들 데려다가 술 따르게 했어요. 미성년자요."

미성년자라는 말에 술집 어깨들은 당황했다.

"미성년자 아니에요!"

경찰들은 이러지도 저러지도 못했다. 평소에 친밀관계가 있는 룸살롱이어서 그들의 말을 아주 무시할 수는 없었기 때문이다. 경찰관이 주저하는 것을 보자 그 순간 민성은 기지를 발휘해 들고 있던 스마트폰으로 마구 사진을 찍어 댔다. 경찰관 뒤에 숨어서 어깨들의 사진을 찍으면서 큰소리로 외쳤다.

"아저씨 만약에 그냥 넘어가면 이 사진 인터넷에 다 올릴 거예요. 쟤 지금 빨리 구해야 돼요. 아저씨 나중에 큰일 나요."

사진을 찍고 인터넷에 올린다는 말에 더 이상 경찰관들도 묵과할 수 없었다. 인터넷은 이미 제삼의 권력이었다.

"어이, 잠깐만! 그 애 좀 이리 내놔 봐."

"아이, 경관님 그냥 가시라니까요. 이건 우리들 문제예요."

그러자 경관도 진지해졌다.

"이 자식들이 지금 사람을 피떡이 되도록 패 놓고 그냥 가라면 어떡해? 사건으로 처리해야 되겠어?"

경찰의 윽박에 어깨들은 머쓱해져서 슬슬 꽁무니를 내리고 비실대며 사라졌다. 재석은 차가운 아스팔트 바닥에 나뒹굴면서 꿈틀댔다.

"아저씨, 빨리 119 불러 주세요! 안 그러면 내 친구 죽어요!"

　민성이가 마구 소리를 치자 주변의 사람이 슬슬 몰려왔다. 결국 경찰차에 실려 재석은 가까운 병원으로 실려 갔다. 엑스레이 결과 전신의 타박상과 오른쪽 어깨의 탈구, 왼쪽 팔꿈치의 뼈가 금이 간 것이 발견되었다. 결국 큰 병원으로 옮겨 입원을 했는데 부라퀴가 보담이를 통해 뒤늦게 이 사실을 알고 종합병원으로 옮기도록 조처했던 것이다.

　연락 받은 엄마는 그날 밤 늦게 찾아와서 통곡을 했다.

　"아이구, 재석아! 어쩐 일이냐, 재석아! 흑흑흑!"

　하지만 재석은 온몸이 쑤시는 고통 속에서도 제일 먼저 보담의 안부를 물었다.

　"보, 보담이는요?"

　"무사해! 무사해 이 녀석아!"

　"향금이두요?"

　"그래, 둘 다 아무 일 없어. 근데 어쩌다 이렇게 맞았어? 어떤 놈들이 이랬어?"

　"그럼 됐어요."

　퉁퉁 부어오른 팔과 온몸을 응급으로 치료받으며 재석은 피멍든 눈으로 씩 웃었다. 옛날에 읽은 책에서 이 세상 모든 일은 다 납득할 만한 이유가 있다고 했다. 한때 재석이가 주먹을 휘두르며 불량 서클에서 놀던 것을 이렇게 써먹게 될 줄은 몰랐다. 다시는 주먹을 쓰지 않으려 했지만 어쨌든 보담이를 구해 냈으니, 어찌 보면 이 날을 위해 불량 서클 활동을 했을지도 모른다는 생각이 들었다.

다음 날 아침 보담이 울면서 찾아왔다. 그러면서 무릎을 꿇고 재석에게 감사와 함께 사죄를 했다.

"재석아 미안해! 미안해! 으흐흐흐!"

옆에서 훌쩍이며 향금이도 울었다.

"네가 우리 구해 주지 않았으면 큰일 날 뻔했어."

나중에 민성에게 들어 보니, 스폰서인 박사장이 연말도 됐으니 자기가 스폰하는 아이들을 모두 집합시키라고 이야기했다고 한다. 그 말에 우태균과 그 밑에서 우태균의 사주를 받은 보컬 선생이나 춤 선생들이 모두 룸살롱에 집합한 것이었다. 그리하여 연습생들에게 춤과 노래를 선보이게 했으며 술에 취한 박사장이 그날 밤 보담이를 데리고 가겠다고 이야기한 거였다. 보담이 고등학생 신분임에도 그는 가리지 않았다. 민성이 우태균을 적극 만류하려 애를 썼다.

"사장님 안 돼요. 쟤네들이 왜 따라가요? 집에 가야 돼요!"

"자식아, 넌 가만있어. 스폰서 심기를 거슬러 봐야 좋을 게 없어."

그리하여 그 아이들은 꼼짝없이 스폰서와 그 친구들이라는 작자에게 노리개가 될 뻔했던 것이다. 뒤늦게 향금이와 보담이는 이 사실을 알고 눈물로 놓아 달라고 매달렸지만 우태균은 오히려 야비하게 말했다.

"야, 너희들 연예계에 오겠다면서 이 정도도 몰랐단 말야? 스폰서가 돈을 그냥 대 주겠냐? 너희들이 그만큼 즐거움을 드리는 게 도리 아니겠어? 그런 것도 모르면서 무슨 가수가 되고 연예인이 되겠다고 그래? 이름만 대면 아는 유명한 애들 다 스폰서가 돈 대 주는 애들이야, 알기나 해? 그런 스폰서 없이 어떻게 유명해지겠어?"

보담과 향금이는 악질 중에도 상악질에게 걸린 셈이었다. 그걸 모르고 이용만 당하는 아이들이 불쌍하다는 생각이었다. 룸살롱에 갇혀 꼼짝 못하고 춤을 추며 노래해야 했던 보담이 화장실을 간다면서 몰래 재석에게 전화를 걸었던 것이다. 그 전화를 받고 재석이 뛰어와 난장판을 만든 사이 보담은 무사히 도망쳐 나올 수 있었다. 부라퀴도 재석에게 면회를 왔다. 보담이의 엄마와 아빠도 와서 감사 인사를 했다.

"재석아, 네 덕분이다. 우리 보담이 인제 정신을 차렸어. 연예계가 이런 줄 몰랐단다. 아니 연예계가 다 그런 건 아니겠지만 이런 무서운 놈들이 있다는 걸 알았어. 고맙다. 병원비는 걱정하지 마라."

"아니에요 아저씨. 오히려 제가 고마워요."

부라퀴는 웃으면서 말했다.

"이 녀석은 항상 결정적인 순간에 쓸 만한 일을 하는군. 그 우태균이라는 녀석은 내가 경찰에 수사의뢰했다. 지금 조사 받고 있으니까 못된 짓 한 게 다 드러날 거야. 다른 연습생들 부모 가운데 그동안 당했다고 함께 고발한 사람도 있단다."

"네, 잘 되었네요."

사건이 터진 뒤 보담의 집에서도 보담이 자기관리를 알아 서 잘한다며 무조건 믿고 맡긴 것에 대해 크게 후회를 했다 는 이야기가 들려왔다.

병원에 입원해 있는 동안 재석은 노트북으로 글을 써서 글 바다에 올리는 횟수가 부쩍 늘었다. 시간이 많기도 했고 그 외에 딱히 할 일도 없었기 때문이다. 난생 처음 입원을 해 보 니 세상을 보는 기준이 또다시 변하는 것이었다.

입원

사람은 가끔 입원해야 할 것 같다. 입원은 자동차로 치면 주차브레이

크다. 발로 밟은 브레이크는 잠시 잠시 멈추지만 주차브레이크는 완전히 채워져서 한동안 풀리지 않아야 한다.

내 삶에 지금 주차브레이크가 걸렸다. 팔이 부러져 붓기가 빠질 때까지 입원해야 하는 것이다.

하지만 멈춰 선 상태에서 세상을 보는 것도 나쁘지 않다. 남들이 얼마나 빨리 달려가는지 알 수 있기 때문이다. 어지러울 정도다. 멈춰 선 상태에서 달리는 사람들을 보니 마치 고속도로에 고장 난 자동차가 쌩쌩 지나가는 자동차들을 보며 달리고 싶어 하는 것 같다. 하지만 나는 생각한다. 왜 굳이 달려야 하나. 모두 달린다고 내가 달려야 하는 걸까.

가끔은 오래도록 서 있는 자동차가 되고 싶다.

보담이는 매일 문병을 왔다. 일주일 정도 입원을 해서 붓기가 빠지면 부러진 팔에 깁스를 하고 퇴원할 수 있다는 말을 들었다. 재석은 누워 있는 동안에도 책을 읽으며 학습지를 풀고 가끔 글을 썼다.

하지만 향금이의 상황은 조금 달랐다. 시무룩한 얼굴로 민성과 함께 찾아온 향금이는 말했다.

"재석아, 고마워. 스폰서가 그렇게 무서운 건 줄 몰랐어."

"괜찮아. 너 많이 놀랐지?"

재석이 오히려 위로해 주었다.

"우리 엄마 아빠가 가수 때려치우고 공부나 하라는데 자신이 없어."

갑자기 향금이 눈물을 보였다. 자신이 진심으로 뜻하는 바와 원하는 것을 이루지 못하는 아쉬움이 컸던 것이다.

"다시 오디션에 도전하려 해도 엄마 아빠가 이젠 죽어도 안 된다는데 어떡해? 난 정말 어떻게든 가수가 되고 싶거든."

꿈이 좌절되어 날개 부러진 새처럼 잔뜩 풀 죽은 향금이 재석은 안타까웠다.

보담은 점심을 먹고 나서 병원 휴게실에 앉아 재석과 이야기를 나누었다. 재석은 정말 궁금한 것이 하나 있었다.

"보담아, 너는 공부도 잘하고 예쁘고 아쉬울 것이 없는데 왜 연예인이 되고 싶었던 거야?"

"응, 사실 내 욕심 때문인 것 같아. 아빠 엄마는 판검사가 되라고 하시는데 법에 의해서 사람 심판하고 판정하는 게 나는 무서웠어. 공부 열심히 해서 판검사 시험을 보면 될 수도 있겠지. 그렇지만 서른 살쯤에 이 세상 모든 것을 알 수는 없잖아. 그리고 사실 나는 할아버지가 장애를 가지게 되면서부터 세상 많은 사람들의 장애에 대한 인식을 개선시키는 일을 해 보고 싶었어. 그래서 사회복지사를 꿈꿨는데……."

보담이는 할아버지의 영향을 많이 받은 아이였다. 어려서

부터 할아버지를 돕고 장애인들의 문제를 깨달으며 사회적 약자들에 대한 관심이 많았던 것이다.

"그러려면 내가 큰일을 할 수 있고 이 사회에 영향력 있는 사람이 되어야 하는데 판검사나 엄마 아빠가 말하는 직업들은 그런 것이 부족해. 그러다 보니까 만약에 연예인이 되어서 아름다운 춤을 추거나 노래를 부르고 그 영향력으로 좋은 일을 할 수 있다면 훨씬 괜찮겠다는 생각이 들었어. 그것도 세계적으로 할 수 있다면 좋지 않겠어? 세계적인 스타가 되어서 내 꿈과 의지를 실현하고 전 세계를 여행 다니면서 이 땅의 소외받은 사람들을 위해 나의 목소리를 높이고 싶었어."

"그래?"

"응. 영화배우였던 오드리 헵번을 봐. 미모로 아름다운 영화를 찍어서 우리에게 감동을 주었지만 나중에 영화를 관둔 뒤에는 아프리카 어린이들을 돕는 데 평생을 바쳤잖아. 영국의 제인 구달도 연예인은 아니지만 세계적인 명성을 얻으니까 지구의 미래를 위해 노력하는 데 그 영향력이 크잖아. 오프라 윈프리는 미국의 토크쇼 진행자이지만 얼마나 많은 미국 사람에게 감동을 주는지 몰라. 그래서 나도 연예계에 들어가서 그렇게 사랑받을 수 있다면 좋겠다는 생각을 했어."

아주 얼토당토않은 이야기는 아니었다. 재석은 고개를 끄덕였다. 자기 역시도 스톤의 멤버로 주먹을 휘두를 때 뭔가 존재감을 확인하며 자존감을 충족시켰던 기억이 났기 때문이다.

"이젠 그 꿈 접었어. 역시 연예계는 끼가 있어야 돼. 나는 내가 주인공을 할 수 있을 줄 알았어. 노력하면 다 된다고 생각했는데, 정말 에디슨이 말한 말 그대로야."

"에디슨이 뭐라고 했는데?"

"천재는 1퍼센트의 영감과 99퍼센트의 노력이라고 했거든. 그 얘기는 영감만 1퍼센트 있어도 안 되고, 99퍼센트의 노력만으로도 안 된다는 거지. 두 개가 다 있어야 되는 거야. 나는 99퍼센트의 노력으로도 될 줄 알고 잘못 생각했어. 향금이를 보면 알아. 우태균 같은 사기꾼 밑에 있었지만 정말 노래 많이 늘었고 실력이 좋아졌거든. 아까워."

그것은 사실이었다. 제대로 된 교육을 받고 트레이닝을 받자 향금이의 실력은 일취월장하고 있었던 것이다. 그랬기에 향금이는 여기에서 꿈을 접는 게 너무 슬프고 괴로울 수밖에 없다는 이야기였다.

"얼마 전엔 기타까지 배워서 노래하는데 얼마나 빨리 익혔다고. 원하는 것을 하니까 향금이가 정말 초능력을 발휘하는 것 같았어. 나는 이제 됐어. 공부 열심히 할 거야. 성적도 다시 올려야 되고, 할아버지랑 엄마 아빠 속 많이 썩였어."

"야, 좋은 방법이 있어. 우리 국어 쌤이 자작곡도 하고 그 러셔."

"정말?"

"그래. 노래가 조금 올드하긴 하지만 선생님에게 젊은 감각 으로 부탁하면 될 것 같아."

"그래, 그거 정말 잘됐네."

향금이는 기뻐 어쩔 줄 몰랐다.

"근데 우리 부탁을 들어 주실까?"

"걱정하지 마. 들어 주실 거야."

재석은 김태호에게 문자를 보냈다.

✉

쌤. 좋은 노래가사 있음 작곡 좀 해 주삼

친구가 가수가 되고 싶어 해염

답문자는 바로 왔다.

✉

걱정 마라.

내일 문예부 애들이랑 같이 문병 갈 참이다.

다음 날 저녁 무렵 문예부 아이들 두어 명과 기타를 어깨에
멘 김태호가 병실에 들어왔다. 이미 와 있던 향금과 보담은
처음으로 김태호에게 인사를 했다. 김태호는 보담의 미모에
눈이 휘둥그레졌다.

"너희들이 오디션 봤다는 아이들이구나."

"네, 안녕하세요?"

향금과 보담이 인사를 했다. 이것저것 대화를 나누다가 김
태호가 말했다.

"재석이가 곡을 써 달래서 내가 준비해 봤다."

의미심장한 미소를 지으며 김태호는 기타를 케이스에서 꺼
내 들었다.

"내가 인터넷에 떠돌아다니는 가사 하나 구했는데 이걸로
노래를 하나 만들었지. 들어 봐라."

병실에 있는 아이들은 귀를 기울였다. 김태호는 기타를 치
며 노래를 시작했다.

내일 지구가 멸망해도

나는 내가 못 가 본 곳에 여행을 떠나리

그대는 나의 고급스러운 여인

앞만 보고 달리는 나를

멈추게 하는 주차브레이크

김태호의 노래가사는 어디서 많이 듣던 것이었다. 노래가 이어지자 갑자기 재석이 벌떡 일어났다.

"서, 선생님!"

기절초풍을 할 노릇이었다. 문예반에서 한두 편의 글을 들려준 적은 있었지만 카페에 올린 사적인 글들까지 김태호의 입에서 노래가 되어 나오고 있었기 때문이다.

"왜? 녀석아, 이 노래가사 뭔 줄 알겠냐?"

"선생님, 그 노래가사 어디에서 보고 만드셨어요?"

"하하, 이 녀석아! 어디서 보긴. 네가 쓴 거지."

"예? 뭐라구요?"

아이들도 모두 놀랐다. 특히 놀란 것은 보담이었다.

"재, 재석이가요?"

"인터넷 글바다 잡문카페 운영자가 누군지 아냐? 나야, 이 녀석아. 너 이름이랑 신상정보 내가 다 알고 있어. 너 JS라는 닉네임으로 글 쓰는 거 내가 지켜보고 있었다. 일취월장하더구나. 그래서 만든 노래야."

재석은 믿을 수가 없었다.

"내가 카페를 만든 건 젊은 친구들이 들어와서 글도 쓰고, 자신의 희망도 남기라는 뜻에서였다. 근데 네 녀석이 들어올 줄은 미처 몰랐지. 그때부터 네가 쓰는 글을 다 읽어 보고 있었다."

어쩐지 이상했다. 김태호는 재석의 글들이 가진 문제점들을 아주 정확하게 지적해 왔던 것이다. 옆에서 지켜보고 있던 보담이는 말을 잇지 못했다. 재석에게 그러한 능력이 있는 줄은 미처 몰랐기 때문이다.

김태호와 문예부 아이들이 돌아간 뒤 재석은 생각했다. 꿈을 향해 나아가는 과정은 정말 어렵다는 것을. 병실로 돌아오면서 휠체어에 앉은 채로 재석은 뒤에서 휠체어를 밀어주는 보담에게 말했다.

"보담아, 꿈을 향해 나아가는 것은 정말 쉽지가 않은 것 같아."

"나도 그렇게 생각해. 그런데 너 언제부터 글을 썼어?"

보담이의 표정에는 자랑스러움과 존경이 담겨 있었다.

"그냥, 끄적거려 봤어. 꿈을 향해 한 길로 나가는 것도 쉽지 않은데 도중에 난관도 있는 것 같아. 그런데 그게 인생인 것 같아. 난관도 있고, 딴 길로 빠지기도 하면서 꿈을 향해 계속 나아가는 거…… 그럴 때 글 쓰는 게 도움이 되더라구."

"나도 어디서 들은 이야기가 하나 있는데 말해 줄까? 돛단 배는 역풍이 불어도 목적지를 향해 갈 수 있대. 역풍을 비껴서 좌로 갔다 다시 우로 갔다 하면서 조금씩 전진하다 보면 목적지에 간대."

"야, 멋진 말이네!"

"그렇지? 나도 이번에 느꼈어. 자기가 정말 잘하는 부분에 대해서 최선을 다해야지, 그냥 화려함을 보고서 좇아선 안 된다는 생각이야. 향금이 같은 애들이 정말 잘 되어야지, 나 같은 애들은 아니라는 걸 알았어. 그냥 의지만 가지고는 안 되는 게 이런 분야더라구."

"다행이다. 보담이 너는 다른 쪽으로 할 일이 있을 거야. 공부도 잘하고 할아버지하고 어머니 아버지도 훌륭하신데, 뭐."

"근데 듣자 하니까 그날 니네 어머니 식당에서 일 도와주다가 나한테 온 거라면서?"

"일 돕고 있는데 네 전화가 오길래……. 근데 어떡하면 좋으냐. 너 사진 다 지웠는데……."

재석은 머쓱해서 화제를 바꿨다.

"지금 또 찍으면 되지."

휴대전화를 꺼내 보담이 재석이와 함께 뺨을 맞대고 셀카를 찍었다. 보담이의 풋풋한 향기와 보드라운 볼살의 감촉이 재석의 정신을 아득하게 했다.

"자, 됐지?"

"그래도 옛날에 찍은 것들이 아깝잖아."

"호호호호! 사실은 옛날 사진들 내가 컴퓨터에 백업해 놨어. 다 있으니까 내가 다시 보내 줄게. 그런데 혹시 너 내가 준 선물들 다 버렸어?"

"아니. 나도 선물 다 그대로 가지고 있어. 네가 돌려보낸 것도 다시 줄게. 그런데 운동화 보니까 많이 닳았더라."

"응. 네가 준 거라서 많이 신었어."

보담의 볼이 발그레해졌다. 재석은 가슴이 터질 것만 같았다. 보담이 자신을 완전히 버린 것이 아니었음을 확인했기 때문이다. 그날 재석은 보담이 낮은 목소리로 들려주는 노래를 들으며 잠이 들었다.

재석이 퇴원하는 날 향금이와 민성이, 그리고 부라퀴와 보담이 병원으로 몰려왔다. 팔에는 깁스를 하고 목발을 짚고 걸을 정도가 되어서 절뚝거리며 병원을 나서는데 마치 개선장군이라도 된 것 같았다.

"아 뭐 이렇게까지 다들 오셨어요?"

"이 녀석아! 그래도 정의의 사도가 퇴원하는데 와야지."

부라퀴가 웃으며 말했다.

"남들이 보면 할아버지가 퇴원하시는 것 같아요. 휠체어를 타셔서요."

"그러게 말이다. 내가 이 병원에 올 때마다 다들 내가 환잔 줄 알고 어디가 아프냐고 물어보더라. 나는 문병하러 온 건데……."

"그러게 말이에요. 하하!"

사람들이 환하게 웃었다. 그때 봉식이 형이 병원 로비로 황급히 달려 들어왔다.

"어, 형!"

기다리고 있었다는 듯 재석이 아는 체를 했다.

"그래, 늦었다. 퇴원하냐?"

"네. 이제 뼈만 붙으면 되고요. 말했던 애가 바로 재예요."

재석은 옆의 향금이를 가리켰다. 봉식은 향금이를 살펴보았다.

"향금아, 인사 드려. 봉식이 형이라고 우리 동네 사는 형이야. 좀 놀랐지? 봉식이 형은 말야, SG기획의 매니저야. 걸그룹 브랜뉴 알지? 걔네들 매니저야 이 형이……."

그 말에 향금의 얼굴엔 그새 놀라움이 가득했다.

"어머 SG기획! 안녕하세요?"

향금이는 부모에게도 하지 않는 인사를 허리가 구십 도로 꺾이도록 했다. 옆에 있던 보담이는 살짝 웃었다. 재석이와 이미 둘은 얘기가 됐기 때문이다. 며칠 전 재석이는 봉식이 형에게 전화를 걸었다.

"형, 좋은 애 하나 있는데 소개할게요. 향금이라고 제 친구에요. 우태균이 밑에 가 있다가 큰일 날 뻔했던 거 내가 구해 냈어요. 그러느라 좀 다쳐서 지금 병원에 있어요."

"아, 그때 네가 물어봤던 그거구나."

재석은 그간 있었던 일들을 자세히 설명했다.

"잘했다. 그 쓰레기 안 그래도 무슨 사건 있었다고 경찰 조사받는다더니 너 때문이었구나. 그런 놈들 때문에 우리 연예 기획사들이 욕먹는 거야. 근데 향금이란 애는 어떠냐? 잘해?"

"얼굴도 예쁘구요. 춤도 잘 추고, 노래도 잘해요. 보컬 트레이닝도 좀 받았구요."

"그런 애들은 쌔고 쌨어. 우리 기획사 와서 연습생 하겠다고 오디션 신청하는 애들이 얼마나 많은데."

"아니에요. 애는 울트라 케이팝 3차까지 갔었어요. 그 정도면 실력 있잖아요."

그렇게 해서 봉식이는 시간을 내서 향금이를 만나러 온 것이었다.

"향금이. 일단 오늘은 서로 바쁘니까 내가 명함 줄게. 지금 우리 브랜뉴의 미모 담당 민서가 드라마 찍는데 이 병원 암 병동에서 찍거든. 거길 가 봐야 해. 시간 날 때 연락 줘. 내가 오디션 볼 수 있게 해 놓을게."

"저, 정말요?"

향금이는 울먹이며 봉식이 형의 명함을 소중히 받았다. 봉 식은 바쁘다며 먼저 병원을 빠져나갔다. 아직도 꿈인지 생신 지 몰라 하는 향금에게 재석이 다른 소식을 하나 더 전했다.

"향금아, 울트라 케이팝 3차 예선할 때 형네 기획사 사장이 심사위원이었는데 널 눈여겨보셨대. 조금만 다듬으면 되겠다 생각했는데 점수가 모자라서 떨어진 거래."

"어머, 어떡해! 어떡해!"

향금이는 좋아서 펄펄 뛰면서 보담이를 끌어안았다. 이번 에는 부라퀴가 웃으며 말했다.

"향금아, 너 정말 연예인 되고 싶으냐?"

"네, 할아버지 저 연예인 되면요, 나중에 장애인들이라든가 약한 사람들을 위해서 돕는 연예인이 정말 되고 싶어요."

"그래. 그러면 내가 멋진 스폰서를 하나 소개해 주마."

"네? 저 스폰서 싫어요! 그냥 혼자 힘으로 할래요."

스폰서라는 말에 향금이는 펄쩍 뛰었다. 그걸 보며 부라퀴는 미소 띤 얼굴로 말했다.

"허, 이 녀석! 내가 스폰해 주겠다는데도 싫으냐?"

"네? 할아버지가요?"

"그래 내가 해 주마. 네가 정말 재능이 있다면 그쪽으로 꽃을 피워야 되지 않겠어?"

"하, 할아버지."

믿기지 않는다는 듯이 향금이가 눈물을 그렁이며 휠체어에 앉은 부라퀴를 끌어안았다. 보담이는 옆에서 재석을 보며 눈을 찡긋했다. 이 역시도 재석이와 이야기된 거였기 때문이다.

병원을 나서며 재석이는 민성에게 물었다.

"어때? 내 능력이?"

민성이가 눈을 찡긋하고는 양쪽 엄지손가락을 치켜세웠다. 그때 부라퀴가 말했다.

"자, 재석이 녀석 퇴원 기념으로 오늘 점심은 내가 사마. 다들 가자."

"와!"

아이들은 함성을 질렀다.

부라퀴의 차에 탄 재석에게 보담이 《분노의 포도》를 건넸다.

"자 퇴원 선물이야. 난 다 읽었어."

"끝이 어떻게 되었어?"

"주인공 가족들이 갖은 고생을 하고 있는데 결국은 홍수가 나서 모든 걸 씻어가 버렸어. 들판의 작물들, 집들, 차들. 부자도 망하고 가난한 사람들도 망하는 거야. 그런데 마지막에 홍수를 피해서 높은 곳의 헛간으로 가족이 대피하는데 거기에서 다 죽어가는 남자를 만나게 되고, 죽은 애를 낳은 조드 집안의 딸이······."

갑자기 보담이 얼굴을 붉혔다. 더 말하기 곤란한 것 같았다.

"아이, 몰라. 네가 직접 읽어 봐."

재석은 그 순간 깨달았다. 이 세상 모든 고통과 고난은 결국 끝이 있음을. 때로는 그게 절대적인 불가항력일 수도 있지만 새로운 삶은 어떤 형태로든 다시 시작된다는 것을. 보담이 말해 주지 않은 책의 결말을 알고 싶어서라도 두 권짜리 두꺼운 책에 도전해야겠다는 생각을 했다.

병원 암병동 앞 넓은 주차장은 드라마 세트장으로 변해 있었다. 곳곳에 방송 조명과 카메라가 자리를 잡았고 병동 언저리에는 얼핏 봐도 수십 명의 팬클럽 아이들이 모여 각자 좋아는 연예인 이름을 연호하며 떠들고 있었다.

까칠한 재석이가 돌아왔다

초판 1쇄 발행 2012년 7월 24일
개정판 1쇄 발행 2014년 12월 15일
개정 2판 1쇄 발행 2021년 12월 21일
개정 2판 3쇄 발행 2024년 3월 22일

지은이 고정욱
그 림 변기현
펴낸이 이범상
펴낸곳 (주)비전비엔피 · 애플북스

기획편집 차재호 김승희 김혜경 한윤지 박성아 신은정
디자인 김혜림 최원영 이민선
마케팅 이성호 이병준 문세희
전자책 김성화 김희정 안상희 김낙기
관리 이다정

주소 우)04034 서울시 마포구 잔다리로7길 12 (서교동)
전화 02)338-2411 | **팩스** 02)338-2413
홈페이지 www.visionbp.co.kr
인스타그램 www.instagram.com/visionbnp
포스트 post.naver.com/visioncorea
이메일 visioncorea@naver.com
원고투고 editor@visionbp.co.kr

등록번호 제313-2007-000012호

ISBN 979-11-90147-88-0 03810